ADALBERT STIFTER

EINE ÖSTERREICHISCHE BIBLIOTHEK

Gesamtleitung
Wendelin Schmidt-Dengler

Abbildungen: Adalbert-Stifter-Institut
des Landes Oberösterreich
Satz: Schaber Satz- und Datentechnik, Wels
Printed in Austria by Wiener Verlag, Himberg
ISBN 3-7017-1010-4

ADALBERT STIFTER

Die Narrenburg

Herausgegeben und
mit einem Nachwort von
Christian Begemann

Residenz Verlag

Adalbert Stifter

1.

Die grüne Fichtau.

Hans von Scharnast hatte ein lächerliches Fideicommiß gestiftet. Seine Burg Rothenstein sammt Zugehör an Unterthanen, Jagd- und Fischgerechtigkeit solle sich in gerader Linie immer auf den ältesten Sohn forterben; ist kein Sohn da, auf Töchter, und in Ermanglung dieser auf die älteste Seitenlinie und so fort, bis irgend einmal weder ein Cognat noch ein Agnat von besagtem Hause vorhanden ist, wo sodann die Burg sammt Zugehör an den Fiskus fällt. Bis hieher wäre alles richtig; aber eine Bedingung fügte er dem Fideicommiß bei, welche der ganzen Sache eine andere Wendung gibt. Jeder nämlich, dem die Burg als Erbschaft zufiel, mußte, ehe sie ihm ausgeantwortet würde, zweierlei Dinge leisten: erstens, mußte er schwören, daß er getreu und ohne geringsten Abbruch der Wahrheit seine Lebensgeschichte aufschreiben wolle, und zwar von der Zeit seiner ersten Erinnerung bis zu jener, da er nur noch die Feder zu halten im Stande war. Diese Lebensbeschreibung solle er dann Heft für Heft, wie sie fertig wird, in dem feuerfesten Gemache hinterlegen, das zu diesem Zwecke in dem rothen Marmorfels gehauen war, der sich in der Burg erhebt – zweitens mußte er schwören, daß er sämmtliche bereits in dem rothen Steine befindlichen Lebensbeschreibungen lesen wolle, wobei es ihm aber nicht gestattet ist, irgend eine von dem Gemache ihrer Aufbewahrung wegzutragen. Wer eine von diesen zwei Bedingungen nicht erfüllen könne oder wolle, der wird betrachtet, als sei er im Augenblicke des Anfalles des Fideicommisses gestorben, und dasselbe geht auf seinen fideicommissarischen Nachfolger über. Für jeden minderjährigen Fideicommissar müsse das Erbe so lange vormundschaftlich verwaltet werden, bis er großjährig geworden, und sich erklären könne, ob er schwören wolle, ob nicht. Bei wessen Tode sich der Fall ereignen sollte, daß man von ihm gar keine Lebensbeschreibung in dem rothen Steine finden könne, der wird als gar nicht geboren betrachtet, also ist auch seine ganze Nachkommenschaft nicht geboren, und das Fideicommiß geht an ihnen vorüber den Weg Rechtens weiter.

Der Grund, der Hansen leitete, eine so seltsame Klausel an sein Fideicommiß zu hängen, war ein zweifacher. Obwohl er nämlich ein sehr frommer und tugendhafter Mann war: so hatte er doch in seinem Leben so viele Narrheiten und Uebereilungen begangen, und es war ihm daraus so viel Beschämung und Verdruß zugewachsen, daß er beschloß, alles haarklein aufzuschreiben, ja auch seinen Nachfolgern die Pflicht aufzulegen, daß sie ihr Leben beschrieben, damit sich jeder, der nach ihnen käme, daran zu spiegeln und alle Thorheit zu meiden vermöge, wodurch sich seine Vorgänger etwa in Ungemach gestürzt hatten.

Der zweite Grund war: daß sich jeder, der nur die entfernteste Anwartschaft auf Rothenstein hätte, wohl vor Laster und Unsitte hüten würde, damit er nicht dereinst in die Lage käme, entweder schändliches von sich selbst niederschreiben zu müssen, oder es doch indirect einzugestehen, wenn er sich weigere, den Eid zu leisten.

Was nun den ersten Punct anlangt, so hatte Hans das Unglück, das schnurgerade Gegentheil von dem zu erreichen, was er erzielen wollte. Es mußte nämlich von ihrem Ahnherrn her so viel tolles Blut, und so viel Ansatz zur Narrheit in den Scharnasts gelegen haben, daß sie, statt durch die Biographieen abgeschreckt zu werden, sich ordentlich daran ein Exempel nahmen, und so viel verrücktes Zeugs thaten, als nur immer in eine erkleckliche Biographie hinein geht – ja selbst die, welche bisher ein stilles und manierliches Leben geführt hatten, schlugen in dem Augenblicke um, als sie in den Besitz der verwetterten Burg kamen, und die

Sache wurde immer ärger, je mehr Besitzer bereits gewesen waren, und mit je mehr Wust sich der neue den Kopf anfüllen mußte. Der Stifter würde sich im Grabe umgekehrt haben, wenn es durch die dicken Felsenwände in seine Gruft gedrungen wäre, was die Leute sagten; nicht anders nämlich, als »die Narrenburg« nannten sie den von ihm gerade in dieser Hinsicht so wohl verklausulirten Rothenstein.

Wie es in Bezug des zweiten Punktes beschaffen war, konnte nicht ermittelt werden, da im Publicum nichts davon verlautete; nur die negative Thatsache stand fest, daß man nicht gerade etwas direct Böses wußte, daß man sich aber auch keiner Zeit entsinnen konnte, in welcher einer der Scharnaste als ausnahmsweises Muster der Tugend wäre aufgestellt worden.

Heut zu Tage liegt die Burg beinahe in Trümmern, und seit der letzte Scharnast in Afrika erschossen worden ist, wo er unter Abd-el-Cader gegen die Franzosen diente, kann man auch gar keinen Anwärter mehr auf den Rothenstein auftreiben, und es warf sich bereits die lächerliche Rechtsfrage auf, ob nun auch der Fiskus seine Biographie werde schreiben müssen.

Woher ich das alles weiß.

Die Sache trug sich lächerlich zu, und war so: Eines schönen Sommertages gegen Abend im Jahre 1836 schritt ein junger, leidlich schmucker Bursche das romantische Waldthal der Fichtau an dem Flusse Pernitz entlang. Dieser Mann war trotz des jungen, freundlichen Gesichtes lächerlich anzusehen; denn er war confus angezogen und mit den seltsamsten Dingen bepackt. An einem um die Schulter gehenden Lederriemen hing eine große, flache Seitentasche, wie ein Ofenschirm, der ihn am Gehen hinderte; an diese Tasche war ein Holzfuß geschnallt, der, auseinander gelegt, das Gerüste zu einem Feldsessel abgab. Auf dem Rücken trug der Mann ein Ränzlein, das ebenfalls wieder so breit war, daß es rechts und links an seiner Person hervorstand; davon hing ein langstieliger Hammer, und eine abenteuerliche Hacke herab, und ein großer grauer Regen- und Sonnenschirm, und eine lange Blechbüchse war darangeschnallt, welche beide wagrecht so sehr über seine Schultern hinausragten, daß er von ferne anzusehen war, wie ein wandelndes Kreuz. Die Hand hielt einen Alpenstock mit mächtiger Eisenspitze – des übrigen hatte er einen breiten Strohhut auf, eisenbeschlagene Stiefel an, und sein Rock schlug bei jedem Schritte so pendelmäßig gegen seine Füsse, als trüge er beide Säcke voll Eisen oder Gestein. So hatte man ihn schon mehrere Wochen in den Bergen der Fichtau herumgehen und herumsitzen gesehen.

Die Fichtau aber ist ein schönes Bergrevier voll sanftblickendem, rothbrüchigem Marmor, frischem Waldesgrün und eiskalten, abschießenden Quellen. Die Pernitz lauft unten voll Lärmen und Gepränge durch, bis sie draußen ein zahmer Fluß wird, Wiesen wässert, und Walkmühlen treibt. Die Fichtau ist ein paar Tagreisen östlich von dem freundlichen Pfarrdorfe Grünberg, und dem schönen Markte Pirling, welche beide an demselben Flusse Pernitz liegen. In der ganzen Fichtau ist kein einziger Ort, aber dafür ist sie gleichsam besäet mit einzeln liegenden Häusern und Gehöften, und mancher Landmann, wenn er seiner Arbeit nachging, sah obbesagten Wanderer, wie er sammt seiner Bepackung entweder an einer Felsenwand kletterte, und Steine herabschlug, mit denen er sich dann belastete, und sie seines Weges mit fortschleppte – oder man sah ihn auf seinem Feldsessel sitzen; den eisenspitzigen Stock hatte er in die Erde gebohrt, den Stiel seines Sonnenschirmes darauf geschraubt, und im Schatten desselben zeichnete er Wälder oder Blöcke ab, auf die sonst keiner geachtet hatte, ob sie auch schon sein Lebtage in dem Thale gelegen waren – oder man sah ihn gehen, wie er einen schweren Strauß von Blumen und Kräutern in der einen Hand vor sich her trug, während er in der andern nebst dem Alpenstocke noch einige Ruthen und anders Zeugs hinter sich herschleifte.

Des Abends nun an jenem schönen Tage, dessen wir oben erwähnten, ging er schleuniger, als gewöhnlich neben der Pernitz hin, und machte mit Händen und Armen allerlei Bewegungen, wie einer, der ungeduldig und hastig ist, oder mit sich selbst redet. – Freilich war der Mann schon in seiner Jugend mit diesem Uebel der lauten Selbstgespräche behaftet, und was noch ärger ist, er agirte auch immer mit den Händen dazu, besonders, wenn er von Eifer oder Ungeduld gestachelt war, in welche beide er übrigens sehr leicht gerieth.

Er hatte eine Gruppe Häuser vor sich, auf die er zusteuerte. An einer Stelle nämlich, wo sich das Thal am meisten erweiterte, und der Fahrweg ordentlich in eine breite Straße auseinander ging, stand das Wirthshaus der Fichtau, zur grünen Fichtau geheißen, zwar nur aus Holz gezimmert, aber mit einer glänzenden Fensterreihe auf den Strassenplatz heraussehend, der so groß und eben war, daß hundert Wägen hätten darauf stehen können. – Mit Scheunen und Schoppen, und einem großen Garten ging das Haus in den geräumigen Winkel eines Seitenthales zurück, aus dem ein starker Bach hervorsprudelte. Jenseits des Baches steht eine Sägemühle, dann ist noch eine Schmiede, und weiter zurück hinter dem Wirthsgarten sind vier oder fünf Häuser mit blanken Fenstern und dem schönen flachen Gebirgsdache.

Dieser Häusergruppe eilte unser Wanderer zu, als hätte er noch so wichtiges auf dem Herzen, und immer schleuniger ging er, je näher er kam, so daß er fast in ein halbes Laufen ausartete, da er vor dem Wirthshause anlangte.

»Gott grüß euch, Vater Erasmus,« sagte er eilig zu dem Wirthe, der mit seinem großen Hunde auf der Gasse stand, und mit dem Schmiede und einem Fuhrmanne plauderte, welcher Fuhrmann eine Art Wochenbote war, und alle Sonnabend bei dem Wirthe zur grünen Fichtau anzukommen pflegte, wo er alles abgab, was immer für die Fichtauer aus dem Flachlande eingelaufen sein mochte. Sein Schecke stand im Stalle, sein Wagen im Schoppen, und er saß in der Abendsonne auf der langen Gassenbank des Wirthshauses, seine Gebirgspfeife rauchend, und Neuigkeiten aus dem Lande draußen auskramend. – »Gott grüß' euch, Vater Erasmus,« sagte also der angekommene Wanderer, »ich werde nur schleunig diese Sachen auf mein Zimmer hinauftragen, und sogleich wieder herabkommen, und euch eine Menge ausfragen. Ich habe heute die wundervollsten Ruinen entdeckt, und sie sogar gezeichnet.« Und somit ging er die Treppe hinan.

»Nun das geht dem noch ab, daß er das verrückte Schloß gefunden hat,« sagte der Wirth zu den zwei andern, aber der hinauflaufende Mann hatte diese Worte mit seinem scharfen Gehöre vernommen, und wurde dadurch nur noch mehr gespannt. Nach abgelegtem Gepäcke und mit einem gehörigen Hausrocke angethan, kam er in dem Augenblicke wieder herunter, ein Papier in der Hand tragend, auf dem ein weitläufiges auf Felsen herumgruppirtes Mauerwerk mit Bleistift sauber skizzirt war.

»Das ist doch ein höchst merkwürdiges Gebäude,« sagte er, »ich bin vollständige vier Stunden selbst mit Anlegung meiner Steigeisen rings um dasselbe herumgeklettert, und habe durchaus keinen Eingang entdecken können.«

»Ei so,« sagte der Wirth, und sah die andern zwei pfiffig an.

»Was denn, ei so? die Sache ist haarscharf, wie ich sage, und ich sehe nicht, was sich dazu eiso hat?«

»Ich meine nur,« antwortete der Wirth, »daß das jeder Mensch in der Fichtau weiß, und daß es wunderbar ist, daß ihr allein es nicht wisset.«

»Wisset, – ich sehe nicht ein, woher ich es wissen sollte, ich sage euch ja, ich habe heute das Schloß gerade erst so frisch erfunden, als hätte ich vor dritthalbhundert Jahren Amerika entdeckt. In eurem Lande unterstützt man Forschungen so wenig, daß sie den schönsten Marmor unbeachtet liegen lassen, oder höchstens Schweinetröge daraus machen. Ihr selbst habt eure Mistjauche hinten mit Stücken des feinsten Kornes eingedämmt.«

»Hab' ich das? ei, ei, Oheim, wenn ihr weiter forschen werdet, so werdet ihr auch Thürstöcke und Wasserkufen davon finden, und wenn ihr dort überhaupt forschen dürftet, so fändet ihr in Annens Schlafkammer die feinsten Fenstersimse davon gemeisselt, und einen Waschtisch und Weihbrunnenkessel und ich weiß nicht, was noch, und in der Pernitz liegen noch unzählige Stücke und Blöcke, auf die Niemand achtet, als die Forellen, die drunter aus- und einschliefen.«

»Hab' alles schon gesehen und beobachtet,« entgegnete der Wanderer, »außer dem Waschtische und Weihbrunnenkessel, die Fenstersimse sah ich von außen – aber da habt ihr wohl Thürpfosten, das ist gut, allein eines eurer Herdecken ist auch von rothem Marmor, während das andere von Ziegeln ist; – aber das ist Nebensache – ihr sagt da von Forellen – haben wir morgen welche? ihr habt sie uns auf Sonntag versprochen.«

»Eine Million ist unten im Fischtroge, Oheim, eine Million.«

»Ich möchte wohl auch ein Dutzend,« sagte der Schmied. »Es kommt morgen mein Schwiegersohn, der Stadtschreiber.«

»Sollst haben, schwarzer Ohm,« sagte der Wirth, »sollst

haben, sende nur herüber – also der Stadtschreiber kömmt, und also auch die schneeweiße Thrine mit – schau, schau, – ei, ei, ei, ei . . . . –.«

Und mit diesen Worten wiegte er verwunderlich den Kopf hin und her, in sich hineinlächelnd, und sein unmäßig großer, graugetigerter Hund saß mit dem Rücken gegen die untergehende Sonne, daß seine Rückenhaare wie feurige Spieße glänzten, und schaute seinem Herrn altklug in's Gesicht: aber auch der junge Wandersmann stand noch immer trotzig mit seiner Schloßzeichnung da, und schaute ihm auch in's Gesicht und sagte: »Das mit den Forellen ist nun gut, Vater Erasmus, – den Stadtschreiber und die schneeweiße Thrine werden wir morgen begrüßen. Ich will selber einen schönen Rock anthun und mit in die Kirche hinausfahren: aber nun gebt mir auch ein klein Gehör. – Der Abend ist so schön als einer, wir haben uns alle bei Tage geplagt, morgen ist Sonntag, und da mag heut noch so recht eine plaudergünstige Dämmerung kommen, lasset mir den Wein auf den Gassentisch stellen, ich setze mich zu Boten-Simon auf die Bank, und wenn er euch alle Getreidepreise von draußen gesagt, und die Pferde-, und Wein-, und Criminal- und Unglücksgeschichten erzählt hat: dann schaut aber auch auf mein Papier her, und sagt, was es mit diesem Schlosse ist, das da so, ohne daß Jemand etwas davon weiß, mitten in der Fichtau steht, mit Abenteuerlichkeit geziert, und so gut, als in gar keinem Style gebaut.«

»Das ist recht schön, Oheim, daß die Thrine herauskömmt,« sagte der Wirth, »aber wenn sie nur nicht wieder eine Fracht Bücher bringt, und bei Annen abladet – das ist des Teufels Unkraut – – und – und da müssen wir ja doch noch vor Sonnenaufgang sehen, daß wir einige Saiblinge fangen, und Nachmittags ein Scheibenschießen machen – oder was – damit sich alles recht gut unterhalte, – ei es freut mich – – und was euer Schloß anlangt, junger Ohm, so würdet ihr Style genug sehen, wenn euch Ruprecht einmal hineinließe, ja ihr würdet Schlösser genug drinnen sehen, eine Sammlung von Schlössern, eine halbe Stadt von Schlössern, wie sie da herum auf allerlei rothe Steine angeklebt sind.«

»Wer ist denn dieser Ruprecht, und wie macht man es denn, daß er einen hineinläßt?«

»Das wäre sehr leicht,« antwortete Vater Erasmus, »wenn er nur selber einmal herauskäme.«

»War gleichwohl gestern in Prüglitz,« sagte der Schmied, »und redete mit meinem Schwiegersohne, dem Stadtschreiber; ich stand selber dabei, und er machte ein fratzenhaft weinerliches Gesicht, als ihm der sagte, daß noch immer kein Herr aufgetrieben sei – und es sind nur mehr sieben Monate Frist.«

»Ich habe ihn auch gesehen,« redete jetzt der Bote Simon darein, »es ist wirklich so, und ein erstaunlicher Fall ist es, daß ein so herrisches, verbreitetes Geschlecht ganz und gar ausgestorben sein soll – keine Maus hat sich gemeldet. Das Schloß, lieber junger Herr, das euch so anliegt, daß ihr es gar auf Papier abgerissen habt, das Schloß ist jetzt zu haben, und Einkünfte genug dazu; es kommt nur darauf an, daß ihr von einer recht närrischen Familie abstammet.«

»Ich gehöre selber unter den Rothenstein,« sagte der Wirth, »und das ganze rechte Pernitzer Viertel sammt Zehent und Gebühren, dann das linke Viertel bis in die Hazleser-Gräben, und ich glaube auch noch die Waldhäuser bis zum Ottostift hinauf, und bis an den Asang.«

»Der Asang gehört auch noch dazu,« sagte der Schmied, »er ist nur seit dem alten Julian an die Prüglitzer verpfändet, mir hat es mein Schwiegersohn, der Stadtschreiber erzählt.«

»Das ist nicht wahr,« rief der Boten-Simon, »ich bin von Asang, und ich und mein Vater und Großvater, und wieder dessen Vater haben immer an die Prüglitzer gesteuert, und keinen Hut vor dem Rothensteine gerückt.«

»Das ist,« entgegnete der Schmied, »weil der alte Julian älter ist, als ihr Alle, dein Scheck dazu gerechnet, und weil ihr eher an Prüglitz verpfändet waret, als ihr geboren wurdet. Mein Schwiegersohn, der Stadtschreiber, hat mir einmal die Urkunde auf dem Stadthause gezeigt, und gestern hat er gesagt, daß jetzt alles kaiserlich wird, weil die Familie ausgestorben ist, und dann wird der Pfandschilling hintangezahlt, und der Asang wieder an das alte Eisen angeschweißt. Der alte Julian war sonst ein entsetzlicher Herr; er hat seinen leibeigenen Bruder erschlagen.«

»Nicht erschlagen,« sagte der Wirth, »sondern nur um das Erbe der Mutter hat er ihn gebracht, weil er nie genug hatte, obwohl ihm auch der Rothenstein zugefallen war. In unserem eigenen Hause war es, wo sie die Zusammenkunft hatten – mein Großvater war damals noch ein Bube, und er hat es uns wohl hundertmal erzählt – es war das letzte Mal, daß sich die Brüder gesehen hatten. Sie hießen Julius und Julianus. Julianus war der ältere, und da ihr Vater starb, war Julius in weiten Ländern, und kam auch gar nicht auf den Rothenstein, sondern auf unserer Gasse sahen sie sich zum erstenmale seit Jahren wieder, und da hatten sie sich umarmt, daß die Schwerter an ihnen rasselten, und dann sind sie in die grüne Oberstube hinauf gegangen, und die Pferde blieben auf der Gasse stehen, und mein Großvater und seine Mutter und Schwester saßen beängstigt herunten in der Schenkstube, weil ihnen gleich nichts Gutes ahnte, und anfangs hörten sie nichts über sich, als den ruhigen Schritt der beiden Männer, wie sie oben tactgemäß auf und nieder gingen; dann war es stille, als ständen sie und als ob Einer nur spräche. – Mein Urgroßvater, der damalige Schenke kam kreideweis zu den Kindern in die Stube, und sagte, als er oben nur zur Thür hineingeblickt, ob sie nichts brauchten, so hätten sie ihn gleich fortgeschafft, und der Julius stehe an dem Tische, und schütte entsetzlich viel Wein hinunter, und von da an blieb der Urgroßvater auch bei den Kindern in der Schenkstube und horchte – aber oben blieb es stille – – lange stille – – doch einmal geschah ein Fußtritt, daß man meinte, alle Tragbalken müßten knacken, und im Augenblicke, aber nur einige Secunden, rasselten wieder die Schwerter – dann ward's todstille. – Sogleich aber rannte der Julius die Treppe herunter, schwang sich mit glühenden Augen auf seinen schwarzen Hengst, warf ihn herum, und jagte so schnell dort an der Steinwand hinab, daß mein Großvater meinte, er sehe ordentlich ohne Unterbrechung die Hintereisen blitzen, als wolle sie der Rappe rücklings in die Luft schleudern, und Stücke rother Straßensteine flogen in die Pernitz. Alle aber liefen ungesäumt in die Oberstube, um dem gemordeten Julianus beizuspringen – dieser aber stand lebendig am Tische, und strich sich furchtbar mit der Hand den großen, rothen Schnurbart, den er immer trug – dann aber goß er einen ganzen Krug Wein in sich hinein, warf ein Stück Geld auf den Tisch, ging hinab, und ritt gelassen auf den Rothenstein zu. Er war von nun an Herr des Schlosses, wie es dem Erstgebornen auch gebührt, allein er war und blieb auch Herr der Schätze und Einkünfte Seitens der früher verstorbenen Mutter, was von Rechtswegen dem jüngeren Julius gehört hätte. Von diesem aber ist seit jener Zeit kein Faden seines Gewandes mehr in der Fichtau sichtbar geworden.«

»Weil ihn doch der Julianus irgendwo erschlagen hat,« versetzte der Schmied.

»Dann müßte er ihn tiefer begraben haben, als Regen und Thau dringen können,« versetzte der Wirth, »daß ihn nicht die Pernitz oder unsere Bergwässer zu Tage gewaschen hätten – geht, geht, Ohm, das steht nur so in den Ritterbüchern eurer Thrine.«

»Mein Schwiegersohn, der Stadtschreiber,« sagte der Schmied, »meint selber – seit der letzte Abkömmling des Julian todt ist, und nun bereits das Schloß mit Lieg- und Fahrnissen in die Jahre lang allerwärts ausgeschrieben ist, sei es seltsam, daß sich keine Klaue, und kein Hufnagel gefunden, der Anspruch machen könne – also ist der Julius damals erschlagen worden.«

»Das ist nur so, Kinder,« sagte der Boten-Simon, indem er die Pfeife ausklopfte, und wieder anstopfte, und alles umständlich that, und seine Rede beim Wiederanzünden durch kräftige »Paff, Paff,« häufig unterbrach – »das ist nur so: im Lande draußen erzählte mir vor langen Jahren ein Krämer, daß der Julius in Kriegsdienste des französischen Königs gegangen sei – aber da widerredete es ein alter Stelzfuß, und sagte, der Julius habe gar nicht weit von der Fichtau gelebt, aber eine Bauerndirne geheirathet, und seine Tochter wieder an einen niedrigen Mann gegeben und dieser wieder an einen solchen, und so sei das Geschlecht wiederum im Volke verloren gegangen, wie es auch einst daraus entstanden war.«

»So mag es sein,« sagte der Wirth, »oder es mag auch anders sein, jedoch schlecht gewiß nicht; denn schlecht war kein einziger, nur närrisch alle.«

Der Wandersmann hatte bisher mit steigendem Interesse zugehört; nun stellte er seinen Krug zurück, stand auf, und sagte: »Wie meint ihr das, Vater Erasmus? närrisch sagt ihr?«

»Nun Gott sei Dank,« antwortete der Wirth, »närrisch genug, junger Oheim; habt ihr denn das nicht schon an dem Schlosse erkennen mögen, da es weder Thor noch Eingang hat, und in keinem Style gebaut ist, wie ihr selber sagt. Oder ist es etwa vernünftig, wie der letzte Zweig aus dem Stamme des Julian that, oder wie sein Vater, der Vorletzte that? Mit unserem letzten Herrn war es so: Da haben die Franzosen, um die Unbill gut zu machen, die sie vordem an unsern Ländern verübt, Kriegsvölker in das Mohrenland geschickt, um Alles in Bausch und Bogen christlich zu machen, und da ließ Graf Christoph eines schönen Tages das Schloß zumauern, und ritt dann den Berg hinab gerade in das Mohrenland, um die Heiden gegen Christum zu unterstützen, und da haben sie ihn denn auch glücklich niedergeschossen, man weiß nicht, die Christen oder die Heiden. Sein Vater, Graf Jodock, war noch ärger. Ich habe ihn noch recht gut gekannt; er hat sich im Alter den Bart wachsen lassen, wie einer der heiligen drei Könige – und da sah ich ihn oft, nachdem er das Schloß angezündet hatte, vor seinem kleinen Häuschen unten am Berge in der Abendsonne sitzen.«

»Das Schloß hat er angezündet?«

»Ja er selber hat es am Pfingstsonntage angezündet, und wehrte allen denjenigen, die da zu löschen kamen, weil er sagte, daß hundert Centner Pulver in den Gewölben seien, und los gehen würden, aber es ging nichts los, und das Gebäude brannte friedlich und fast lieblich nieder. Er hatte die vielen Jahre vorher ganz ruhig und ordentlich darinnen gewirthschaftet, nur daß über dem Thore die Aufschrift stand: Hier wird keinem Bettler etwas gegeben.«

»Ist denn nicht die Herrschaft ein Fideicommiß? Wie durfte er denn das Schloß zerstören?«

»Freilich ist sie eines, aber da hat er innerhalb der Schloßfriedigung abseits den andern Gebäuden einen seltsamen Tempel aufgeführt mit vielen Säulen, wie man es oft als Lusthaus in hochherrschaftlichen Gärten sieht, und in diesem Tempel hat er gewohnt, wie man sagt, in ungewöhnlicher Pracht und Ueppigkeit, mit seiner Frau, einer wunderschönen Zigeunerin, die er einmal brachte – und dieses Bauwerk hat er dann angezündet. Es war freilich sein Eigenthum, aber man erzählt, er habe für diese That viel Geld in dem Lehenhofe niederlegen müssen. Unten am Berge hatte er sich schon vorher ein kleines, steinernes Haus mit zwei Zimmern gebaut, und daselbst verlebte er die ferneren Tage seines Alters, bis er starb. Sein Sohn, Christoph, war bei Lebzeiten des Vaters nie anwesend, nach seinem Tode ist er gekommen, und hat sich wieder an einer andern Stelle innerhalb der Schloßmauer ein anderes Gebäude aufgeführt, aber ein Theil davon ist bereits vor drei Jahren wieder eingestürzt. Und so hatten alle einen Sporn im Haupte. Mein Großvater hat uns erzählt, daß der Vater des Julius und Julianus, Graf Prokopus, oft ganze Nächte auf einem hohen Thurme saß – der Thurm steht noch – dort habe er lange Röhre auf die Sterne gerichtet, oder auf einem Instrumente musicirt, das lange, furchtbare Töne gab, die man Nachts weit im Gebirge hörte, als stöhnten alle Wälder.«

»Und Grafen waren die Besitzer des Rothensteines?« fragte der Wandersmann.

»Grafen Scharnast seit dem Hussitenkriege, und sehr reich dazu, wenn nicht der Julian so viel verschleudert hätte.«

»Da muß ich gleich einen Brief in dieser Geschichte schreiben,« sagte der närrische Wandersmann, »und ihr müßt ihn heute noch durch einen eigenen Boten nach Prüglitz hinaus schicken.«

Alle, selbst der Boten-Simon, der neben ihm auf der Bank saß, schauten bei diesen Worten dem Wanderer in's Gesicht, und hoben an zu lachen – der Wirth aber sagte: »wenn ihr das Schloß und die Grafen beschreiben wollt, so ist es freilich mehr der Mühe werth, als wenn ihr unsere Feldsteine und die Pernitz oder gar das Heu beschreibt, wie bisher; aber da kann euch nur der uralte Ruprecht die beste Auskunft geben – – –.«

»Nichts will ich davon beschreiben.«

»Nun so meint ihr vielleicht gar ein Nachkomme des Julius zu sein,« versetzte der Wirth verschmitzt.

»Das könnte weit eher der Fall sein, Vater Erasmus,« erwiederte der Mann ganz ernsthaft.

Der Wirth, an die kollossalsten Aussprüche seines Miethmannes schon seit Wochen gewöhnt, lachte blos recht herzlich über diese Worte, und sich selber gerne gelegentlich eine Freiheit nehmend, pflanzte er nun in diesem Augenblicke seine Gestalt vor den wieder ruhig auf der Bank Sitzenden, und sagte mit glänzendem, freundlichem Gesichte: »Wenn das ist, lieber theurer Oheim, dann ist es freilich nicht mehr wahr, was ich mir eben dachte; wenn nämlich der Julius eine Bauerndirne geheirathet hat, so könnte uns leicht von ihm her ein vernünftigerer Herr kommen, weil die Art gewechselt wurde, wie man es mit dem Samenkorn der Felder thun muß, daß es wieder frisch anschlägt.«

»Das habt ihr gedacht, Vater Erasmus?« – sagte der Wanderer, »schau was ihr alles denkt! indessen geht doch und besorgt mir den Boten nach Prüglitz.«

»Auch das, Ohm; es ist heute Samstag, und da müssen Abends die Holzknechte aus den Bergen kommen; ich erwarte sie jeden Augenblick, und um Geld und gute Worte geht wohl einer hinaus.«

Er hatte noch das Wort im Munde, als eben Zweie jener malerischen Gestalten, wie wir sie so gerne als Staffage auf Gebirgslandschaften sehen, um die Ecke bogen, und fröhlich ihre Siebensachen, als da sind: Aexte, Sägen, Alpenstöcke, Steigeisen, Kochgeschirre, u.s.w. auf die Gasse oder auf die lange Bank niederwarfen, und sich anschickten, ebenfalls Platz zu nehmen. Die abendliche Scene auf der Gasse vor der grünen Fichtau begann sich nun zu ändern, und jener Lebhaftigkeit zuzuschreiten, die unser Wanderer an jedem Samstage zu erleben gewohnt war, und die er so liebte. Er saß bereits bei den zwei Knechten, und war schon in lebhaftem Gespräche mit ihnen begriffen. Sie hatten den grünen Hut mit Federn und Gemsbart abgelegt, den grauen Gebirgsrock zurück geschlagen, und zwei verbrannte, lustige Gesichter sahen mit dem gesundesten Durste dem Wirthe entgegen, der ihnen eben zwei Gläser voll jenes unerbittlichen Gebirgsweines brachte, den nur ihre harte Arbeit bezwinglich, ja sogar wirklich zum erquickenden Labsale macht.

»Laßt Klöße durch eure Wirthin richten,« rief einer, »aber viele; denn der Melchior und die andern kommen nach – und fett genug laßt sie machen, daß sie euren Wein bändigen. – Auch die aus den Laubgräben kommen, und aus der Grahnswiese; ich sah sie drüben den Hochkogel niedersteigen, als wir gegen die Pernitz heraus gingen, und hörte ihr Jauchzen. Dem Gregor ist ein Lamm gestürzt, hinten beim schwarzen Stock; er hat darum fast geweint, und trägt es jetzt auf seinen Schultern die Riese herab.«

»D'rum kömmt er wieder so langsam hervor,« sagte der Wirth, »ich höre das Heerdeläuten schon eine halbe Stunde.«

»Das wirft nur die Kaiserwand und der Grahns so herüber; er ist noch weit hinten. Wir gingen im Fichtauergraben bei ihm vorbei, wie eben die Böcke das Gerölle niederstiegen, und die Rinderglocken noch weit oben längs dem Gesteine läuteten.«

Wieder kam eine Gruppe, während er noch redete, jodelnd und singend die Straße an der Pernitz heraus, und sammelte sich an dem Gassentische der grünen Fichtau, um einen Labetrunk zu thun, und fröhlichen Wochenschluß zu feiern, da ihnen der Holzmeister Geld gegeben, und sie sechs Tage lang nur grüne Bäume und graue oder rothe Steine gesehen hatten.

»Gott zum Gruß! – Gott zum Dank!« scholl es hin und wieder.

»Habt viel Arbeit gethan: die Kaiserwiese liegt wie überschwemmt von Scheitern.«

»Geht an, geht an, über die Hochkogelwand warfen wir noch einige Klafter mehr herunter.«

»Schöne Tage, wir waren auf dem Grat des Kogels, ich habe seit fünfzehn Jahren nicht so weit gesehen; die Ebene lag wie ein Bild da, und in der Stadt hätte ich fast die Fenster zählen können, euren Rauch sahen wir aus den Laubgräben steigen.«

»Ich bin nicht gerne in den Laubgräben, man erzählt da allerlei Dinge, und sie sind zu niedrig, man sieht nicht in's Land hinaus. Der alte todte Prokopus geht auch wieder um, ich weiß es nun gewiß, er hat in der Nacht wieder musicirt, ich hörte es selber, und auch heute Nachmittags hörte ich es, da so um vier Uhr herum ein schwacher Wind aufstand und durch die Föhren sauste, da trug er deutlich den langsamen, schwerfälligen Ton von dem zerfallenen Schlosse herüber.«

»Hab' auch schon davon reden gehört, aber glaub' es nicht.«

»Der Wein ist wie Enzian,« rief wieder einer.

»Trink' ihn nur, Gevatter Melchior,« sagte der Wirth, »du trinkst Gesundheit hinein, wie Stahl und Eisen.«

So scherzten und lachten sie. Mehrere neue waren gekommen, auch zwei Gebirgsjäger, ihre Sachen lagen herum, und füllten die Gasse, ganze Haufen und Bündel von Steigeisen, eine Garbe Alpenstöcke, lodene Ueberröcke, Gebirgshüte, eiserne Kochschüsseln und anderes, und wieder anderes – Krüge und Gläser mußten herbei, die Klöße kamen und wurden verzehrt, und da abgeräumt war, erschienen zwei Zittern auf dem Tische, die zusammen spielten, und die braunen Gesellen mit dem Blicke des Gebirges saßen herum, und thaten sich gütlich – und erzählten von ihren Fahrten und Tageserlebnissen. Und ein prachtvoll herrlicher Abend war mittlerweile über das Gebirge gekommen. Die Sonne war über die Waldwand hinunter, und warf kühle Schatten auf die Pernitz; im Rücken der Häuser glühten die Felsen, und wie flüssiges Gold schwamm die Luft über all den grünen Waldhäuptern weg. Alles schien sich zur Wochenruhe und zur Feier des Sonntags zu rüsten. Die Jäger waren aus dem Gebirge gekommen, die Bergarbeiter waren auf dem Heimwege, und mancher sprach in der grünen Fichtau ein wenig vor – Weiber und Mägde und Töchter wuschen am Bache Fenster, Schemmel und jede Gattung hölzerner Geschirre – das Rauschen der Sägemühle hatte aufgehört, und die Heerde, deren Geläute man schon so lange einzeln oder harmonisch aus dem Gebirge herab gehört hatte, war nun endlich auch angekommen – aus dem Seitenthale ging sie manierlich hervor, eine Sammlung der unterschiedlichsten Hausthiere, fast das gesammte Eigenthum der Fichtau. Vorerst kam das leichtfüßige und leichtfertige Geschlecht der Ziegen und Böcke von allen Flecken und Farben, fast jede eine Glocke um den Hals, so daß nun ein mißtönig Geklingel war, was von ferne so wunderschön klang – dann kamen Schafe, schwarz und weiß, schmächtiger, aber schlauer, als die des Flachlandes, und unter sie gemischt der so schöne, glänzende, ernsthaft kluge Schlag der Gebirgsrinder in allen Sorten und Größen. Mägde, Knechte, Buben, wie es eben kam, empfingen die Thiere, die hierher gehörten, und ihren Ställen zuschritten; die andern gingen ihres Weges weiter, oder blieben gelegentlich stehen, oder traten gar zu der zechenden Gesellschaft, sahen traulich herum und ließen sich schmeicheln, daß die Halsglocke erklang. – Zuletzt erschien auf der Wirthsgasse auch der verwitterte, gebirgsgraue Hirtenhund und sein Herr, der Hirte Gregor, mit einem Bündel Steigeisen beladen, und einem jungen, todten Lamme, das er auf den Armen trug, gefolgt von dem Mutterschafe, das wedelnd und blöckend zu ihm aufsah. In seiner Person war der letzte Gast gekommen, der Samstags in der grünen Fichtau zu sein, und sein bescheiden Glas Wein zu trinken pflegte – aber heute war er traurig; denn das gestürzte Lamm war das seinige, er hatte es auf die Bank gelegt, und sah unverwandt darauf, wie dessen Mutter davor stand, es beleckte und beroch.

»Vertrinkt den Aerger, Gregor,« sagte der Wirth, »heute kostet euer Wein nichts, und das Lamm kaufe ich euch morgen um gutes Geld ab.«

»Es ist nicht wegen dem,« antwortete Gregor, »aber es war gar ein so schönes, munteres Thier.« Und er setzte sich doch nieder und führte das Glas Wein langsam zum Munde.

Und immer feierlicher floß die Abenddämmerung um die dunklen Häupter der Gebirge, immer abendlicher rauschten die Wasser der Pernitz, und immer reizender klangen die Zittern.

Der Wanderer saß mitten unter diesen Gebirgssöhnen. Er hatte sein Abendmahl verzehrt, und sprach und scherzte bald mit diesem bald mit jenem. Er freute sich immer auf diese Samstagabende, und ob man gleich sein Thun und Treiben für nutzlos und lächerlich hielt, so hatten ihn doch alle lieb, weil er so sehr in ihr Wesen einging und zu Zeiten recht vernünftig sprach. Vater Erasmus war bald hier, bald da, sprach zu allen, und trank gemessen sein abgesondertes Glas guten, alten Gebirgswein. Seine Leute und Mägde hatten das Haus für den Sonntag gescheuert und geputzt, frische Fenstervorhänge eingehangen, und die Feiertagskleider für morgen herausgelegt. So ging es lustig fort, ein gut Stück in die Nacht hinein. Der erste war der Boten-Simon, der aufbrach, und in den Stall zu seinem schnaufenden Schecken ging, sein Heulager suchend – gleich darauf ging der Schmied über den Steg – und so bald der eine, bald der andere, sein Geräthe aufraffend, und den oft langen Weg antretend, den er noch zurück zu legen hatte, ehe er zu den Seinen gelangte – und ehe der Mond, dessen Silberschein schon lange an den gegenüberliegenden Felsen glizzerte, auch auf die Häuser hereinschien, war nur mehr einer da, der blos auf den Brief wartete, den der Wanderer in der Oberstube schrieb, daß er noch heute in der Nacht nach Prüglitz getragen würde. Aber auch der Brief erschien, sein Träger verschwand in den Schatten der Steinwand, an der der wüthende Julius fortgeritten war, und die vorher so belebte Gasse der grünen Fichtau war leer und finster, nur in der Schenkstube brannte noch ein trübselig Nachtlicht, bei dem der Wanderer dem Wirthe seine Wochenrechnung auszahlte, die dem Gebrauche nach nie auf den Sonntag stehen bleiben durfte.

»Und nun gute Nacht, Vater Erasmus.«

»Gute Nacht, Ohm, und rechnet ein andermal besser nach, daß ihr mir nicht wieder zu viel gebt, es ist frevelhaft, mit dem Gelde und Feuer nicht vorsichtig umzugeh'n – gute Nacht. – Geht ihr morgen in die Kirche hinaus?«

»Ja freilich, ich fahre sogar mit dem einen eurer Füchse, um die Thrine abzuholen, falls ihr nichts dagegen habt.«

»Gar nichts, und somit schlaft wohl.«

»Gute Nacht.«

Und nach einer halben Stunde war es finster und still im ganzen Hause der grünen Fichtau, als wär' es im Tode begraben. Die Stunden der ersten süßen Nachtruhe begannen zu fließen – die Nacht rückte immer weiter auf ihrem Wege gen Westen, und zog sich immer stiller über den Häusern und Bergen hinweg und über den tausend darin schlummernden Wesen; nur daß die Wässer, wo sie hinter die Felsen rannen, unaufhörlich plätscherten und rieselten – aber ihr eintönig Geräusche war zuletzt auch wie eine andere

Stille, und so war jene Einfachheit und Pracht der Nacht gekommen, die unserem Gemüthe so ernst und so erschütternd ist. Der Mond stand senkrecht über der Häusergruppe, und legte einen fahlgrauen Schimmer über die Bretterdächer, und blitzende Demanten auf den Staubbach. – In dem Garten stand jedes Gräschen und jedes Laubblatt stille, und hielt eine Lichtperle, als horchten sie dem in der Nacht weithin vernehmlichen Rauschen der Pernitz: da ging den Gartenweg entlang eine weiße Mädchengestalt, und hinter ihr der riesig große Wirthshund, ruhig und fromm, wie ein Lamm, und an Beiden floß das volle, stille, klare Mondlicht nieder. Das Mädchen schien unschlüssig und zaghaft, sie ging zusehends langsamer, je weiter sie kam, und einmal blieb sie gar stehen, und legte die weiche Hand auf das struppige Genick ihres Begleiters, als horche sie oder zage – – dicht neben ihr in der Laube hielt sich ein Athem an – aus Seligkeit oder Bangen – – der Hund schoß eines Satzes hinein, und sprang freundlich wedelnd an dem Erwartenden empor.

»Anna!« flüsterte eine gedrückte Stimme.

»Um Gottes willen, ich bin ein schlechtes, unfolgsames Kind!«

»Nein, du bist das süßeste, geliebteste Wesen auf der ganzen weiten Erde Gottes – Anna! fürchte dich nicht vor mir.«

»Ich fürchte mich auch nicht vor euch, das weiß ich ja, daß ihr gut seid, aber schon, daß ich gekommen bin, ist schlecht, und macht mich fürchten.«

»Es ist nicht schlecht, weil es so selig ist, es ist nur anders gut, als dein Vater und deine Mutter meinen.«

»Gut ist es wohl nicht, allein ich kam, weil ihr so sehr darum batet, und weil ihr so seid, daß ihr Jemanden brauchet, der euch gut ist.«

»Und also darum bist du mir gut? – bist du Anna?«

»Ich bin es freilich, obwohl es mir zu Zeiten recht Angst macht – und all das Heimliche dazu – – und sagt nur, warum muß ich denn jetzt in später Nacht bei euch in dem Garten sein?«

»Du frägst?! – schon daß du fragen kannst, macht mir Schmerz – siehe mit Worten weiß ich es selber nicht, warum du da bist – freilich, ich habe etwas sehr wichtiges mit dir zu reden, aber das ist es nicht – nein es ist etwas anderes, wenn das Herz reden könnte, so sagte ich es, das Herz, das nun seit Wochen und Monaten endlich diesem Augenblicke entgegen dürstete – nicht was ich sagen werde, ist Zweck, obgleich es unendlich viel ist – sondern, eben daß du hier bist, daß ich dich bei der Hand fasse, und fühle, wie du sie mir nicht gerne lässest, und sie mir doch gerne lässest, daß ich dein Kleid streife, daß du neben mir niedersitzest, daß du redest – – und daß es so wäre, immerfort und immerfort – – siehe! schon daß ich deinen Athem höre, dünkt mir lieblich, – ist es dir denn nicht auch so – ist es nicht so?«

Sie antwortete nicht, aber die Hand, die er ergriffen hatte, ließ sie ihm, zu dem Sitze ließ sie sich niederziehen – und wie das Luftsilber des Mondes durch das Zweiggitter auf ihre beiden Angesichter hereinsank, so sagte ihm ihr Auge, das nachgebend und zärtlich gegen seines blickte, daß es so ist.

Er zog sie gegen den Sitz nieder, und sie folgte widerstrebend, weil fast kein Raum war; denn Anna hatte den Sitz einst nur für sich machen lassen, zu einer Zeit, wo man noch nicht weiß, wie selig es zu zweien ist. Jetzt aber wußte sie es, und in höchster Beklommenheit, mehr schwebend als sitzend, stützte sie sich auf das zu kleine Bänkchen – und auch der Mann war fast beklommen und gepreßt, so daß er eben kein Wort vorzubringen vermochte; denn in beiden wallte und zitterte das Gefühl, wodurch der Schöpfer seine Menschheit hält, das Gefühl so zaghaft, daß es sich im

Beginne mit aller Kraft in die tiefste Falte des Herzens verkriechen will, und so allmächtig, daß es doch am Ende Vater und Mutter und Alles besiegt und verläßt – das Gefühl, das Gott nur an dem Menschen so über allen Ausdruck holdselig gemacht hat, weil er seiner Gewalt eine andere reizend und gewaltig beimischte: die Scham. Darum, was das Thier erst recht thierisch macht, das hebt den Menschen zum Engel des Himmels und der Sitte, und die rechten Liebenden sind heilig im menschenvollen Saale, und in der Laube, wo blos die Nachtluft um sie zittert – ja gerade da sind sie es noch mehr, und bei ihnen fällt kein Blättchen zu frühe oder unreif aus der großen Glücksblume, die der Schöpfer ihnen zugemessen hatte, es fällt nicht, eben weil es nicht fallen kann. Es war ein rührender Anblick, wie selbst dem Manne die Bedeutung des Augenblickes, den er doch selbst herbeigeführt, übermächtig wurde, so daß er unbeholfen und linkisch darnach rang, endlich einmal seine Rede schicklich zu beginnen. Sie fühlte es ihm an, und dennoch konnte auch sie das Wort nicht vorbringen, das ihm das seine erleichtert hätte. Ihr dritter Gesellschafter blickte zu ihnen auf, als begriffe er alles, und es war komisch, wie er, obwohl er beide liebte, doch auf beide eifersüchtig war, und sich stets bemühte, sein ungeschlachtes Haupt zwischen sie zu drängen.

Anna in der Güte ihres Herzens sah freundlich auf ihn, ja sie legte ihre Hand auf seine Stirne, weil er sie dauerte, daß sie ihm nun – ja nicht nur ihm, sondern auch dem Vater und der Mutter fast alle Liebe entzog und einem fremden Manne zuwende.

Dieser fremde Mann aber sagte mit gedämpfter Stimme: »Damit du weißt, Anna, warum ich dir das Briefchen zustellte, und doch gar so dringend bat, heute in die Laube zu kommen, so wisse, es hat sich etwas sehr wichtiges zugetragen, was auf mein, und auf dein Schicksal großen Einfluß haben kann, aber vorher muß ich wissen, und ich frage dich darum, ob es denn wirklich, ob es denn möglich ist, daß du mich so sehr liebest, wie ich dich – – du schweigst – Anna, so sage doch –«

»Wäre ich denn sonst gekommen?«

»Du liebe Blüthe – wie bin ich in der Welt schon so viele Tage unnütz herumgegangen, und da kam ich in dieses Thal, um Steine und Pflanzen zu suchen, und fand dich, die liebliche, die seltene Blume der Erde.«

»Redet nicht so,« antwortete Anna; »denn es ist nicht so – jetzt sagt euch blos eure Empfindung dieses vor, aber in der That ist es doch anders, draußen in den Städten werden viele herrliche Jungfrauen sein, gegen die ich nur ein dürftiges Blatt bin, das ihr von den Steinen unseres Thales löset, um euch etwa einige Stunden daran zu erfreuen.«

»Du ahnest nicht,« entgegnete er eifrig – »du Alpenblume, – o wenn du nur wüßtest, wie hoch du über ihnen stehst, – aber wenn du es wüßtest, so stündest du ja schon nicht mehr so hoch – – aber lasse dieses, nur das eine wisse, daß ich dich mehr liebe, als alles dieser Welt, und daß ich dich in alle Ewigkeit lieben werde – doch das alles ist natürlich und kein Wunder, du wirst es selbst begreifen, wenn du die Welt dereinst wirst kennen lernen: aber eines ist ein Wunder, und erkläre mir es du, wie kam es denn, daß du mir gut wurdest, mir, den sie hier alle mißachten, und an dem auch nichts ist, als ein unauslöschlich gutes Herz?«

»Wie ich euch gut wurde – – –«

»Höre, Anna, nenne mich auch du.«

»Nein laßt mir das, ich kann nicht du sagen, es ist mir, als schicke es sich nicht, und könnte dann nicht so frei und freundlich reden.«

»Nun so rede frei und freundlich.«

»Wie ich euch gut wurde – seht! ich weiß nicht, wie es kam, als ich es merkte, war es eben da. Ich will euch etwas von meiner Kindheit erzählen, vielleicht daß ihrs dann herausfindet. Mein Vater sagte immer, ich sei ein sehr schönes Kind gewesen, und da ich sein einziges bin, so that er mir immer viel Liebes und Gutes, und ich und Schmieds Katharina bekamen schönere Kleider, als die Nachbarskinder und die der ganzen Fichtau, deßhalb wurden sie uns gram, und wir mußten immer allein gehen, und dies thaten wir auch gerne, und da sassen wir oben auf der grünen Halde jenseits des Baches, über den der Vater den gedeckten Steg bauen ließ, daß wir nicht hineinfielen – da saßen wir, und machten Grübchen in die Erde, oder pflückten Gras und Blumen, redeten mit den Käfern oder horchten den Erzählungen der alten Plumi*)....«

»Wer ist die Plumi?«

»Ei die alte, schwäbische Amme Thrinens, die sie bekommen hat, weil ihre Mutter bei der Geburt gestorben ist, und die nach ihrer Heirath mit in die Stadt gezogen ist. Sie erzählte uns von Goldfischchen, die gefangen war, und Prinz Heuschreck, der klein und grasgrün war, und sieben Jahre durch fremde Länder hüpfen mußte, bis er beide erlöste, wo er dann ein schöner Prinz ward, und die schöne Prinzessin Goldfischchen heirathete – und von andern Prinzen in Sammt und Seide, in Sammt und rothem Gold, so schön, wie Milch und Blut – dann von klingenden Wäldern, redenden Karfunkeln – von den sieben klugen Hähnen – von dem armen Huhn, das auf dem hohen Nußberge erdurstete – und von tausend und tausend andern Dingen, täglich etwas neues und täglich das alte. – – Denkt nur, als ihr vor dreizehn Wochen zum ersten Male in unser Haus tratet, hielt ich euch im ersten Schreck selber für einen solchen Prinzen – weil ihr so jung und mit so närrischem Zeug beladen waret – – und wie wir größer wurden, bekam ich vom Vater

*) Appollonia.

schöne Fabelbücher, und oben eine eigene Kammer mit schneeweißen Vorhängen und Simsen, und Tischen von schönem rothen Steine. Er verbot mir in die Schenkstube zu kommen, und von der Stadt erschien eine Frau, die uns die Fabelbücher lesen und selber schöne Dinge schreiben lehrte – nur leider ist sie zu früh gestorben, und ließ uns nur einige Bücher zurück, die wir immer lesen – ach da standen euch Dinge darinnen, daß mir oft das Herz zerspringen mochte vor lauter Schmerz und Sehnsucht – und die alte Plumi kroch auch wieder aus ihrer Hinterstube hervor, in die sie sich seit der Ankunft der fremden Frau versteckt hatte, und erzählte wieder, und ging mit uns in's Gebirge, die einsamen, heißen Steinriesen empor, Erdbeeren oder Haselnüsse suchend, oder Blumen, deren oft eine bei diesem oder jenem Steine stand, so prachtvoll, und wildfremd, daß ihr erschrocken wäret, ihr habt vielleicht gar keine solche in euren großen Blumenbüchern – und wenn wir tief genug in der Grahnswiese zurückgingen, daß wir weder den Bach noch die Schmiede und Sägemühle hören konnten, und bei dem wilden Schlehenbusche kauerten, und sie nun erzählte, und immer tiefer hineinkam und unter den grauen Haaren hervor die pechschwarzen Augen in unsre Gesichter bohrte: da fuhr ich auch entsetzt zusammen, wenn sich von der Wand daneben ein Steinchen löste, und zu dem andern Gerölle niederfiel – und es hätte mich gar nicht gewundert, wenn die Krüppelföhren zu reden begonnen hätten, und der Fels sich zu neigen, namentlich wenn gar zuweilen der schwache weinende Ton durch die Luft herüberschnitt, da der alte, todte Graf Prokopus auf dem Sternenthurme musicirte – – aber was wollte ich euch denn eigentlich erzählen?«

»Wie es kam, daß du mir so gut geworden bist.«

»Ach die arme Thrine mußte den Stadtschreiber heirathen – sie ging wohl gerne, und die Plumi auch: aber ich war dann so arm, daß ich es euch gar nicht beschreiben kann – – – und da kamet ihr und habt mich mit so guten Augen angeschaut, und mit so schönen, und seid dann wieder so traurig geworden, daß es ordentlich ein Schmerz und eine Seligkeit war – – höret, wenn ihr falsch sein könntet, das wäre nun recht abscheulich....«

»Nein, Anna, du unschuldsvoller Engel, sei mir gut, so lange mir dieses Leben währt; ich kann mir kein größeres Glück und keine größere Freude denken und wünschen, du bist viel besser als ich – und wenn du mein Weib bist, und wenn wir immer und immer beisammen sein werden, dann will ich ihnen in der Stadt zeigen – – nein, wir gehen gar nicht in irgend eine Stadt; unter Blumen und Bäumen will ich dich hüten, daß du bleibst, wie du bist, du holde, liebe Dichtung....«

»Laßt diese Dinge, und hört nur« – fiel sie ihm in die Rede, »es war fast närrisch, wie sehr ich euch gut ward – die Hühner, und die Blumen, und die Tauben halfen doch alles nichts, ich konnte die Thrine nicht vergessen, und sie kam kaum jeden Sonntag heraus. – Der Vater ließ mich nichts arbeiten, und ich that auch nichts im Hause, als unnützes Zeug, höchstens die Küchlein füttern, weil sie meinten, ich sei ihre zweite Mutter, und die Blumen begießen, und diese Laube zimmern lassen. – – Und wenn ich dann in meiner Kammer das Abendgebet verrichtet hatte, und der Wind in die Fenstervorhänge blies, da war ich recht traurig. – Die Bücher, welche mir Thrine immer schickte – – sagt, habt ihr auch schon einmal bei einem Buche geweint?«

»Wohl, Anna, wohl.«

»Seht, ich hab' es gleich gedacht, daß ihr das gethan habt – wie ihr so die allerlei Steine in unser Haus truget, und mit ihnen lateinisch redetet, und wie ihr die Blumen, wie Augen, so schön in die großen Bücher legen konntet, und sie oft recht lange ansahet, so dachte ich, sie können ihn doch nicht wieder lieben, weil sie trotz ihrer Schönheit nur unvernünftige Dinge sind, und wer weiß, wie weit seine Mutter entfernt ist – und ihr saht aus, als müßtet ihr gar so unendlich gut sein, noch besser, als Thrine selber – und wenn sie euch schalten, daß ihr so unnütze Dinge treibt, so dachte ich, ich weiß es schon, weßhalb er dieses thut; denn die Leute hier kennen die Blumen und Steine nicht – und wenn mein Vater in früheren Zeiten auf die Bücher Thrinens schmälte, und sagte, es sei lauter Narrheit in ihnen, und obwohl ich es selber schon zu glauben anhob: so war es mir doch dazumal – – aber das ist zu lächerlich – – Nun? – Es war mir öfters, als seid ihr in einem solchen Buche gestanden, und daraus in unsern Garten getreten – und wenn ihr hinten saßet, und das Antlitz, so wie nachdenkend in eure beiden Hände drücktet, so dachte ich, dieß sei meinetwegen.«

»Es war auch deinetwegen – es war auch deinetwegen.«

»Seht ihr? – und darum wars auch so: da ich mir dann dachte, ich will ihm recht gut werden, war ich es schon, mehr war ich es, als es nur ein Mensch aussprechen kann, und ich dachte, ihr müßtet mich ja auch so unaussprechlich lieben, es könne ja gar nicht anders sein, es sei so gewiß, als wenn ihr es schon selber gesagt hättet.«

»Und wenn es nun nicht gewesen wäre?«

»Es mußte ja, weil sonst alles ein Unding gewesen wäre, das nicht sein kann – ich weiß nicht, warum der Bach in die Pernitz fließen muß, aber ich weiß, daß er es muß.«

»O du ahnungsreiches Herz! er muß es, und er ist selig, daß er es muß. – Das Ziel und Ende seiner Wanderung findet er dort – was weiter sein wird, ist ungewiß, nur eins ist sicher: das Beisammensein, und dies Eine ist Alles, ob nun gezählte Jahre fließen, oder die ungezählte Ewigkeit, ob die Körper sich berühren, ob nicht – es bleibt so – – die Leute nennens sonst auch Treue. Aber siehe, der häßliche Fliederschatten deckt dir deine Stirne, und das süße Auge – neige das Haupt – so – noch ein wenig mehr gegen mich – so – ich möchte den Mond dort an jenes blaue Fleckchen festbannen, daß er immer her schiene, und immer deine reine Stirne, und das rührend schöne Auge beleuchtete – –.«

Und er nahm ihre Hand, drückte sie gegen sein pochendes Herz, gegen seine Lippen, gegen seine Augen – und seltsam – ihren Mund zu küssen, wagte er nicht. – Ihr Auge aber voll scheuer, unbewußter, heißer Zärtlichkeit blickte auf ihn, und sie sagte mit vor Rührung zitternder Stimme: »Da ich euch nun so schnell und so sehr liebgewonnen, und es euch gesagt habe; da ich gar in der Nacht herausgekommen bin, weil ihr so sehr batet: so dürft ihr nun nicht falsch sein, ihr dürft es durchaus nicht mehr.«

»Gegen die Natur, geliebtes Herz, kann man gar nicht falsch sein – man ist es nur gegen Wiederfalsches – man verläßt nur den, der uns verließ, noch ehe er uns fand, weil er in uns nur s e i n e Freude suchte: du liebst, wie die Sonne scheint, du siehst mich an, wie sich das gränzenlose Himmelblau der Luft ergießt, du kömmst, wie der Bach zum Flusse hüpft, und wandelst schuldlos, wie der Falter flattert: und gegen den schönen Falter, gegen den Bach, die Luft und gegen das goldne Sonnenlicht bin ich nie falsch gewesen, und gegen dich vermöcht' ich's nicht zu sein um alle Reiche dieser Erde – siehe Anna, es ist so: – – Aber Anna! sage, liebst du mich denn auch wirklich so, so unaussprechlich, und über alles Maß, wie ich dich liebe, – so sag' es doch Anna – – nicht??«

Aber sie sagte nichts, nicht eine Sylbe; das naturrohe Herz, das nie gelernt hatte, mit seinen Gefühlen zu spielen, und sie zu lenken, war bereits von ihrer Allmacht überwältigt, und sie konnte nichts thun, als das unsäglich gute Antlitz gegen ihn emporheben, und den Mund empfangen, der sich gegen ihren drückte, und so süß war dieser Kuß, daß sie mit der einen Hand den sich ungestüm empordrängenden Hund wegstemmte, während sie hinübergebeugt, emporgehobnen Hauptes die Seligkeit von den Lippen des theuren Mannes saugte. Er hielt sie mit beiden Armen krampfhaft umschlungen, und fühlte ihren Busen an seinem klopfenden Herzen wallen.

»Heinrich,« flüsterte sie, »ich möchte dich doch d u nennen.«

»So nenne, mein Herz, nenne.«

»Und eine Bitte habe ich – –.«

»So rede.«

»Die Bitte, daß du nie, nie mehr auf dieser Erde ein anderes Mädchen so liebst, wie mich – – und daß ich – –.«

»Was, Engel, daß du ....?«

»Nicht wahr, Heinrich, du nimmst kein anderes Weib? ich müßte mich dann recht schämen.«

»Und ich! bei dem lebendigen Gotte mich noch mehr. Anna höre mich: jetzt lieben wir uns blos, das ist leicht und süß, aber es muß mehr werden. Ich werde dich von hier fortführen, und bald, du mußt meine Gattin werden, ich dein Gatte, das ist schwer, aber unendlich süßer: immer an demselben Herzen, losgetrennt von Vater und Mutter und von der ganzen Welt – du mußt lieben, was ich liebe, du mußt theilen, was ich theile, du mußt sein, wo ich bin, ja außer mir muß dir nichts sein: ich aber werde dich ehren bis in's höchste Alter, werde dich schätzen, wie den Schlag meines eigenen Herzens, werde dein Geliebtes lieben, werde außer dir nichts haben – – und wenn Eines stirbt, muß das Andere Trauer hegen bis zum Grabe. Anna willst du das?«

»Ja, sagt einmal, k a n n es denn anders sein?«

»Freilich, wo es recht ist, kann es ja nicht anders sein: das andere ist eben keine Ehe.«

»Und wohin werdet ihr mich denn führen? – – aber ach

Gott, wie wird es denn sein können? Der Vater wird in Ewigkeit nicht einwilligen, und die Mutter auch nicht. – – Ihr seid so gut, ganz lieb und gut, aber ihr thut ja nicht, wie alle andern Männer, die ein Weib nehmen. Sie haben Haus und Hof, oder sind, wie Thrinens Stadtschreiber: aber ihr geht in den Bergen herum, schlagt Steine herab, bringt Blumen in's Haus – –.«

»Siehe das ist so: Wie du in deinen Büchern liesest: so lese ich im Buche Gottes, und die Steine und die Blumen, und die Lüfte und die Sterne sind seine Buchstaben – wenn du einmal mein Weib bist, wirst du es begreifen, und ich werde es dich lehren.«

»O ich begreif es schon, und begriff es immer; nur daß ihr es jetzt ganz klar gesagt habt. – Das muß wunderbar sein!«

»O du unbewußtes Juwel! freilich ist es wunderbar, unausstaunlich wunderbar!! – – was deinen Vater und deine Mutter anlangt, so sei außer Sorge, ich werde ihnen zu rechter Zeit ein rechtes Wort sagen, und sie werden plötzlich und mit Freude einwilligen, ich muß nach einigen Tagen fort gehen, dann wird sich bald alles lösen. Ich mußte nur eher wissen, daß du mein werden willst. Ich will dir's sagen, darum bat ich dich eigentlich zu mir – – ich will dir's sagen, holde Unschuld, aber du darfst es keinem Menschen verrathen.«

»Nein! sagt es lieber nicht, ich verriethe es vielleicht doch. – Sagt es nur einst dem Vater, daß es gewiß wird, daß ich euer Weib werde – es ist ohnehin schon hart genug, daß ich es verschweigen muß, daß ich euch so gut bin. – – Denkt nur, neulich hab' ich es gar dem Philax in's Ohr gesagt: ich lieb' ihn von Herzen, von Herzen, von Herzen – aber der Thrine darf ich es morgen sagen?«

»Wenn du mich liebst....«

»Nein, ich sag's ihr auch nicht. Wenn ihr nur nicht zu lange ausbleibt, werd' ich es schon überdauern.«

»O du schönes, naturgetreues Herz, wie werd ich dich verdienen,« sagte er nach einer Weile mit gerührter Stimme, und wenn seine Augen nicht im Schatten gewesen wären, so hätte sie sehen können, wie fast Thränen in dieselben getreten waren. – Sie aber nahm seine Hand in ihre beiden, und hielt sie fest und herzlich. – – Und wie sie so schwiegen, und wie um sie die ganze glänzende Nacht schwieg – da krähte hell und klar der Hahn, die Trompete des Morgens, der Herold, der da sagt, daß Mitternacht vorüber, und ein neuer Tag anbricht.

Anna sprang auf: »Um Gottes willen, seht, der Mond steht so tief, daß er in den Laubeneingang scheint, und die Luft wird lichter – ich muß zurück in's Haus, lebt wohl.«

Er stand auch auf: »Nur noch eine Minute, Anna, noch eine Secunde, nur diesen Kuß – so – – aber du sagst ja schon wieder: ihr.«

»Nun denn: du, so lebe wohl, lieber, theurer Mann, und komme doch recht bald, und sage das Wort zum Vater.«

»Und die Tage, die ich bleibe – kommst du noch einmal zur Laube, Anna?«

»Nein Heinrich, es ist nicht recht, ich will euch unter Tags in dieser Zeit recht freundlich anblicken, wenn auch der Vater scheel sieht, aber kommen kann ich nicht mehr, es ist doch nicht recht; sagt nur bald das Wort, dann bin ich immer bei euch Tag und Nacht.«

Noch einmal, auf die Spitzen ihrer Zehen gestellt, empfing sie seinen Kuß, »lebe wohl,« sagte er, »du innig süßes Herz – gute Nacht.« »Gute Nacht,« sagte sie, und verschwand in dem Schatten des Laubes.

Er war allein.

Frischer, gleichsam dem Morgen zu, rauschten die Wasser der Pernitz, und die Blätter der Zweige begannen sich in einem kühlen Nachmitternachtlüftchen zu rühren. Der Wanderer aber ging tiefer in den Garten zurück, schwang sich über die Einfriedigung, und schritt über den mondhellen Wiesenhügel dem Walde zu, als sei es ihm nicht möglich, in diesem Augenblicke seine Schlafstelle zu suchen. Die glänzende Nachtstille blieb ungestört, und nichts rührte sich, als unten die emsig rieselnden Wasser, und oben die Spitzen der flimmernden Sterne.

2.

Das graue Schloß.

Es war ein Klingeln und Läuten und ein freudiges Brüllen und Meckern durcheinander, als am andern Tage die Morgensonne aufging, die Bergthäler rauchten, und die Heerde wieder zu den Triften hinanstieg. Aber der Hirt Gregor ging nicht mit, sondern er stand in steifem Sonntagsputze auf der Gasse, und sonnte sich, nur der graue Hund in seinem ewigen Werktagswamse und der Hirtensohn begleiteten die Heerde, der eine freudig sein Halsband schüttelnd, der andere rüstig den Bündel Steigeisen, und das Griesbeil*) schulternd, die einzigen zwei Wesen, welche heute arbeiten mußten; denn alles andere ging der Feier und Ruhe nach. Auch der alte Boten-Simon stand schon mit einem glänzenden Gesichte, von dem er den zolllangen Wochenbart geschoren, und mit noch glänzenderer Jacke auf der Gasse da, und schaute herum, recht behaglich die Wonne des einzigen Ruhetages der Woche fühlend, an dem er sonst nirgends hin, als in die Kirche zu gehen brauchte, was er sehr gerne und immer mit vieler Salbung that. Die Pfeife dampfte bereits, und auf dem Hute hatte er ein ganzes Gebüsche von Gebirgsfedern stecken, nebst einem riesenhaften Fächer eines Gemsbartes. Die warme Sonntagssonne stand bereits am Himmel, und warf eine freudenreiche Strahlenmenge in das Thal, an den Bergen blitzte der Thau, und die Pernitz rollte lauter Gold und Silber durch die Felsen. In allen Häusern rührte und rüstete es sich sonntäglich, und die Waldhöhen standen in einem wahren Lauffeuer vom Singen und Schreien der Vögel.

Oben im Stockwerke der grünen Fichtau öffnete sich ein Fenster, und das Antlitz des Wanderers blickte heraus, die

*) Alpenstock.

Haare von der freundlichen Stirne zurückstreifend, und die Augen nach Himmel und Wetter richtend. Beides ward genügend befunden, und er wollte eben wieder zurücktreten, als auch Vater Erasmus aus dem Hause schritt, zunächst an seinem Leibe schon die schimmernde Sonntagswäsche und die Sonntagskleider tragend, darüber aber noch die Werktagsjacke geworfen und die Alltagskappe auf:

»Guten Morgen, Simon,« rief er, »guten Morgen! Ein schöner Tag das, es sind Tage zur Flachsblüthe.«

»Blüht bereits wie ein blaues Meer im Asang draußen,« sagte Simon.

»Ich habe ihm den handigen Fuchs in die Gabel zu spannen befohlen, redete hierauf der Wirth durch die Thüre des Gassengärtchens hinein; denn er ist gelassener, als der andere, aber ich sage dir, Anna, daß du dich nicht etwa verleiten lässest, wenn er dich einladet mit ihm zu fahren; der Fabelhans würfe dich am Ende sammt sich in einen Graben – fahre mit mir, wer weiß, wie bald ohnehin Einer kömmt, der dich auf immer und ewig davon führt.«

Anna, die im Gärtchen Rosen und anderes zum Sonntagsputze schnitt, wurde in diesem Augenblicke unter der Gartenthüre sichtbar, und ihre schönen braunen Augen gegen den Vater hebend, sagte sie: »Ei, er wird mich nicht einladen, und der andere wird auch nicht kommen, lieber Vater.«

Sie war wieder gar so schön in dem Morgenkleide; denn wenn sie auch öffentlich immer im Landesschnitte ging, so trug sie doch zu Hause Kleider nach eigener fantastischer Erfindung, und Vater Erasmus, einst ein Kenner weiblicher Schönheit, und heute, weiß Gott, warum, besonders gut gelaunt, wurde vollends schalkhaft, indem er sagte: »Nun, nun du Narre, er wird nicht ausbleiben, aber w e n n er kömmt, – ein ganz auserlesener Bräutigam muß es sein, sonst lasse ich dich nicht von hinnen, ein ganz ungeheurer Prinz von einem Bräutigam muß es sein.«

»Wenn ich aber nicht gerne, so ganz recht gerne fortgehe,« erwiederte sie treuherzig, »nicht wahr Vater, so soll mich Keiner aus der schönen Fichtau fortbringen?«

Und wie sie so nun ihre Augen, in denen, wie in ihrem Herzen eine dunkle Gewalt der Dichtkunst lag, die sich aber nicht anders zu äußern vermochte, als in der süßen, mährchenhaften Schönheit des Blickes, von der sie aber so wenig wußte, wie ein Kind, das im Sande mit zwei Diamanten von Golkonda spielet, – als sie diese Augen scheu und demüthig, weil ihr das Herz pochte, gegen ihren Vater richtete, so rieselte es ihm, der ohnedem närrisch über sie war, wie von einem plötzlichen, lächerlichen Stolze und von lächerlicher Freude durch die Glieder, und er platzte los: »Das soll er auch nicht, ja ich sage dir, wenn du nicht ein Glück machst, daß du ordentlich darnach zitterst, so darfst du nicht aus dem Hause, ein Glück mußt du machen, daß die ganze Fichtau die Hände zusammen schlägt.« Ueber Annas Angesicht floß bei diesen Worten ein Purpur, so tief und schön, wie der der Rosen in ihrer Hand; denn in ihrem Herzen regte es sich bereits von einem Glücke, das so dunkel und selig war, und weit, weit über das des Vaters hinausging, ein Glück, so süß, so knospend und drängend, und ach so angstvoll, daß sie meinte, es stehe ihr im Antlitze geschrieben, und Jeder werde es herauslesen – darum vermochte sie auch nicht, weil sie von dem eignen Herzen überfallen war, das centnerschwere Augenlied zu heben, sondern sie ging augenblicklich wieder in den Garten, weit zurück, und trat vor den Flieder, aber sie schnitt nichts ab, sondern stand davor, und sah ihn an sinnenden, verwirrten, gedankenvollen Auges – oben im Gemache aber stand Einer und legte sich die Hand, wie in tiefer Reue an die Stirne – nur die zwei arglosen alten Männer standen auf der Gasse und plauderten fort.

»Ihr habt da eine gottlose und hoffärtige Rede gethan,

Erasmus,« sagte der Boten-Simon, »wenn ihr eurer Tochter ein so vermessenes Glück erzwingen wollet, daß es über alle Menschlichkeit hinaus geht, seht zu, daß euch Gott nicht mit ihrem Unglücke strafen möge.«

»Nun es ist nicht so gemeint,« fiel ihm der Fichtauer Wirth in die Rede, »wenn's nur ein tüchtiger Mann ist, kein so Haselant, wie der Stadtschreiber, mit dem der Schmied so dick thut, sondern ein franker Biedermann, der sein Geschäft rasch weg thut, schön und jung und freundlich ist, und die Anna ein wenig hätschelt, weil sie's gewohnt ist. Ein paar Pfennige muß er haben, und dann legt sie das ihrige dazu; denn mein einziges Kind geht nicht leer aus der grünen Fichtau – und verdient sie es denn nicht? sagt Simon, ist sie nicht ein Ding, daß es ordentlich eine Schande ist, daß ich ihr Vater bin? – – Nur meinen Kopf und Sinn hat sie nicht, der ist nie auf solche Faselei und Narrheit gegangen, das hat sie von der Mutter.«

»Ja, ja,« sagte Simon, »sie ist absonderlich geworden; ich dutze sie schon seit einem Jahre nicht mehr, aber ich glaube immer, ihr habt sie vermessen über ihren Stand erzogen.«

»Das soll sie auch,« sagte Erasmus, »sie soll über ihren Stand, darum that sie noch keinen Schritt in die Schenkstube – und somit holla!«

Mittlerweile war der eine oder andere jener einspännigen Gebirgswägen vor die Gasse der grünen Fichtau gefahren, welche an Sonn- und Feiertagen gewöhnlich die wohlhabende Klasse in ihre Kirche führen, während die Andern den oft mehrere Stunden langen Weg zu Fuße machen. Dabei ist es Sitte, daß man gerne ein wenig an der grünen Fichtau anhält, und seine Gespräche und Ansichten austauscht, da es den im Gebirge zerstreuten Bewohnern selten zu Theil wird, daß sie sich sehen und besprechen können.

Nach und nach standen bereits mehrere Gruppen von Menschen und Wägen auf der Gasse, und sowohl da, als auch in der Gaststube waren lebhafte Gespräche, da sich auch mancher Fußgänger hinzu gesellte, von Sprechlust getrieben, oder von dem Wunsche, ein kleines Frühstück einzunehmen.

Das Zimmer des Naturforschers im oberen Stockwerke erglänzte indeß freundlich von den Strahlen des Morgens, und sein Schimmer fiel auf die allerlei Stufen und Steine, die umherlagen und düster funkelten, oder auf Kräuterleichen, deren dürre und spröde Gerippe die wohlthuende Helle und Wärme nicht mehr empfanden, die durch die Fenster hereinwallte, und die ihnen einst auf ihren freien Bergen so herrlich war – der Mann aber ging unter diesen Sachen herum und sah sie nicht an; denn auf seinem Herzen lag es, wie alle Erze und Berge der Welt – wie war ihm denn!?? – War's denn nicht ein schönes Thal voll grüner Pflanzen und freundlichen Gesteins, in das er gekommen, ein Thal so reich zur Sammlung, und mit einem schmucken Mädchen obendrein, um zeitkürzendes Liebesspiel zu beginnen – und nun stand er da – das Spiel war im andern Herzen zu so rührendem Ernste erwachsen, daß es ihn erschütterte – wie kam es denn?! – die Tage waren so linde, schmeichlerisch und so unschuldig über sein Haupt gegangen – und da er aus ihnen emporblickte, so war er übermannt von der Gewalt des Gewordenen, und von der Verantwortlichkeit der Zukunft – welche Waffen waren es denn, die ihn besiegten? Gerade, daß es keine waren, waren die fürchterlichsten – sie heischte nicht, sie forderte nicht, hoffte nicht, sondern liebte nur, und hatte nichts, als die Hilflosigkeit und Schönheit ihres Herzens, daß er sie lieben mußte mit allem Schmerze und aller Gewalt, dessen sein Wesen fähig war, und daß, wenn er sie so stille und sinnend und brütend sah, ein solches Unmaß von Erbarmen in sein Herz kam, daß er sich sogleich alle seine Adern hätte öffnen lassen, wenn es nur ihr, nur ihr Linderung zu verschaffen im Stande gewesen wäre. – Er wäre gerne an's Fenster getreten, aber er fürchtete sich, sie noch immer am Flieder stehen zu sehen.

»O heilige Gewalt der reinen Natur!« sagte er zu sich, »wie hab' ich dich immer und so lange in Steinen und Blumen gesucht, und nun doch in einem Menschenherzen gefunden – und welch ein Eigensinn, welch eine närrische Laune des Glückes gehörte dazu, daß alles so wurde? Ich mußte in dieß abgelegene Thal kommen, dort mußte einem tollen närrischen Manne eine Tochter geboren sein, mit Gaben, die ihm und ihr ein Räthsel sind, der tolle Mann mußte aber wieder in seiner verblendeten Zärtlichkeit auf den Gedanken kommen, an ihr nichts erziehen zu wollen, als was sie selbst wurde, damit sie naturrecht, unverbildet, ihrem inneren Gesetze treu herankeimte zu einer Knospe, in der alles ist und die jetzt und jetzt, wie ihr's eben anfasset, zu einer Blume auseinanderbrechen kann, daß ihr selbst erschrecket. – – O wie will ich alles, was gut und schön ist auf dieser Erde, an dein Herz legen; wie wird's ein Fest sein, lebelang eine Schönheit nach der andern aus deiner Seele zu locken! – – – Aber wenn nun meine Vermuthung doch nichts wäre – wenn mich das nächste Jahr so fände, wie jetzt?! – – und wenn auch – dann auf! und strenge deine Kräfte, die so sündlich verschleuderten, an, daß etwas werde, wovor der tolle, gute, derbe Vater Ehrfurcht hat – –.«

»Nun da hast du ja einen ganz gewaltigen Pack von Blumen und Kraut aus dem Garten geplündert, und trägst dich damit, wie unser verrückter Gast, wenn er das Heu von allen unseren Bergen zusammenschleppt,« hörte man den Vater Erasmus unten rufen, und der nachsinnende Wanderer trat augenblicklich an's Fenster.

»Es ist nur, Vater,« sagte Anna, »weil ich Thrinen einen recht vollen Strauß mit in die Stadt geben will, wo sie so arm an Blumen ist, in dem großen widerwärtigen, steinernen Hause – und wie man die Blumen in einen Strauß ordnet, habe ich von unserm Gaste gelernt, der mehr von Blumen und Gewächsen versteht, als wir alle zusammen im ganzen Fichtauer Thale; es ist auch ein Leben, ein wundervolles, in ihnen, hat er gesagt, und ich glaube es auch, und gewiß haben sie auch noch recht liebe, kleine Seelen dazu – er weiß schon, warum er sich so mit ihnen abgibt.«

»Nun der steht zu deinen Büchern,« erwiederte der Vater, »aber siehe zu, daß ihr bald mit eurem Kirchenputze fertig werdet; denn in einer halben Stunde wird abgefahren.«

Anna ging in's Haus und nur dem Ohre Heinrichs war ihr leichter Tritt auf der Treppe vernehmlich, wie sie die Blumen auf ihr Zimmer trug.

Nach einer halben Stunde waren die schlanken glänzenden Füchse des Fichtauer Wirthes jeder an seinen Wagen gespannt, Erasmus in einem feinen fast städtischen Sonntagsrocke steckend, ging unruhig hin und her, weil sein Weibsvolk in alle Ewigkeit nicht fertig wurde. Boten-Simon hatte zu einem riesenlangen Stocke gegriffen, um seine Kirchenwanderung zu beginnen; denn der Schecke mußte am Sonntage Ruhe haben. Andere Wagen warteten auch, um sich dem Zuge anzuschließen; der Schmied saß in lächerlichem Putze da, und hatte eine flammendrothe Decke auf den Wagensitz gebreitet, und auf das Geschirr des Pferdes gesteckt, um den Stadtschreiber würdig zu empfangen. Auch der Wanderer stand schon da in seinem schönen Gewande, daß er ordentlich wie der vernünftigste Mensch aussah – – siehe, da erschien endlich auch Anna und die Mutter auf der Treppe herabschreitend, die abseits der Gastzimmer von Annas Stube in den Garten führte.

Die Mutter, eine sehr schöne Frau, mittlerer Jahre, mit Gesichtszügen, deren Ausdruck über ihrem Stande zu sein schien, war in dem gewöhnlichen Sonntagsanzuge der wohlhabenden Gebirgsbewohner, obwohl alles an ihr von besserem Stoffe und feinerem Schnitte war; denn Erasmus setzte seinen Stolz darein, die Früchte seiner guten Wirthschaft an den Seinigen zu zeigen – Anna war so gekleidet, daß man durchaus nicht sagen konnte, es sei an ihr etwas anders, als an den andern Mädchen des Thales, und doch, wenn man sie so über die Gasse sittsam dem Wagen zuschreiten sah, so hätte man geschworen, sie sei aus einem ganz andern Lande, und trage eine Kleidung, die sie sich erfunden, weil sie in derselben am schönsten sei. Da sie an Heinrich vorüber kam, überzog ein feines Roth ihre Wangen, und ihres Versprechens eingedenk, richtete sie ihre schönen Augen voll treuherziger Liebe auf ihn, so daß jeder, nur ihr Vater nicht, erkennen mußte, daß hier mehr, als bloße Freundlichkeit im Spiele sei.

Der Naturforscher nöthigte aus Gutherzigkeit den Boten-Simon zu sich auf den Wagen, welcher aber sehr mißtrauisch war, und nur gegen das Versprechen der Einladung folgte, daß er selber die Zügel des Fuchses ergreifen dürfe, sobald sich zeige, daß der Naturforscher dem übernommenen Geschäfte nicht gewachsen sei; aber zum Erstaunen des Wirthes und der andern fuhr er vor ihren Augen so geschickt von der Gasse weg, und so rasch der Steinwand entlang, daß dem Vater Erasmus das Herz im Leibe lachte, wie er seinen Fuchs so tactsicher dahin tanzen sah, und daß er ordentlich eine Hochachtung für seinen Gast zu fassen begann.

Da es außer unserm Zwecke liegt, das Weitere der Fahrt zu schildern, so beschränken wir uns darauf, ehe wir zu Wichtigerem übergehen, noch ein weniges über den Empfang in Prüglitz und über den weitren Verlauf des Tages zu melden.

Noch ehe unser Zug um den letzten Hügelkamm der Fichtau herumbog, wo dann dem Reisenden der schlanke, spitze Thurm von Prüglitz aus dem breiten Thale entgegensteigt, fuhr ein rascher Wagen gegen sie heran, aus dem, wie er an das Fahrzeug des Naturforschers gelangte, pfeilschnell ein junger Mann sprang – und mit den Worten: »Heinrich, du holdester aller Vagabunden!« den Naturforscher am Halse nahm, der seinerseits aus dem Wagen heraus mit dem Rufe: »Gott grüße dich, Robert,« die Umhalsung erwiederte – und ehe sich die Umarmung löste, vermißte auch schon der besagte Robert auf seinem Wagensitze seine Begleiterin; dafür balgte sich Anna an dem Wagen ihres Vaters, von dem sie herabgesprungen war, mit einer weißen Gestalt, und sie küßten und herzten sich, als wollten sie sich todtdrücken – es war Thrine, und wahrhaftig war sie eine schneeweiße Thrine; denn ihr ganzes Kleid war von dem untadelhaftesten Weiß, und das Frauenhäubchen um das junge schöne Angesicht war dem reinsten, weißesten Mittagswölkchen des Hochsommers vergleichbar – sie drückte Annen von sich, sah sie an, und küßte sie dann wieder, und sah sie wieder an, und konnte sich nicht satt an ihr sehen, daß sie denn in so kurzer Zeit gar so schön geworden sei – Anna langte den mächtigen Blumenknäuel, den sie im ersten Schreck weggeworfen hatte, aus dem Wagen, und drang ihn Thrinen auf: »du mußt ihn zu Hause auflösen; denn die armen Stengel sind von den Fäden wund gedrückt, und dann mußt du die Sache ordnen und in deine schönen Blumenbecher stellen,« sagte sie, und hätte noch mehr gesagt, aber Robert der Stadtschreiber rief mit seiner klingenden Stimme darunter: »Nun, ihr Weiberindividuen! auf! und jegliche suche ihren Sitz; denn sie haben schon das Erste geläutet, und wir müssen rasch zulegen, wollen wir noch zur Kirche zurecht kommen – Gott zum Gruß, Herr Schwiegervater! Nach dem Gottesdienste fahren wir Alle in die lustige Fichtau, ich fuhr euch nur zum Willkomm ein wenig entgegen.«

»Schön Dank, Herr Sohn, schön Dank,« entgegnete der Schmied, aber seine Worte fielen schon in das Rasseln der

Wägen; denn der Naturforscher fuhr bereits mit dem alten Simon bergab, als wollte er ihn an's Ende der Welt entführen, so daß alle Federn auf dessen Hute flatterten, und der Gemsbart sauste; hintendrein Robert, der inzwischen umgewendet, und seine Thrine wieder aufgepackt hatte, dann folgte Erasmus, der Schmied und die andern.

Nach dem Gottesdienste war bei Robert ein Glas Wein, wie gewöhnlich, Thrine und Anna liefen Thür aus Thür ein, der Schmied saß im Ehrenstuhle, Annas Mutter bekam süßes Gebäcke, die Studienfreunde Robert und Heinrich sprachen zehn Minuten angelegentlich in der Fenstervertiefung, und dann fuhr Alles der grünen Fichtau zu.

Da uns der Stoff drängt, so sind wir nicht im Stande, in die Trefflichkeit der Forellen, die Vater Erasmus herbeigeschafft, noch in die Ergötzlichkeit des Scheibenschießens, das er angeordnet, näher einzugehen, so gerne wir es thäten, weil beides für Erasmus weitaus das wichtigste war: sondern wir beschränken uns, nur zu bemerken, daß die beiden jungen Männer wohl eine Stunde im Garten auf- und abgingen, und in das tiefste Gespräch versunken waren, und daß Anna im Verlaufe des Abends einmal der schneeweißen Thrine ohne allen Grund um den Hals fiel, und in Thränen ausbrach, und daß die Stadtleute erst nach Hause fuhren, da schon alle Sterne am Himmel standen.

Diesem lustigen und bewegten Sonntage folgte die ganze langweilige und arbeitsvolle Schleppe der Woche: Simon und der Schecke fuhren landaus, landein, die Sägemühle kreischte, die Schmiede tosete, Erasmus handthierte und wirthschaftete, Anna ging und lief, oder stand und brütete. – Freilich hielt sie treu ihr Wort in Hinsicht des freundlichen Anschauens ihres Freundes, aber zu einer Stunde von solch süßer Herrlichkeit, wie jene Mondnacht im Garten, kam es nicht wieder – der Naturforscher schien zehnmal närrischer, als je, er hieb toll und thöricht in den Gesteinen herum, und trieb alles in fiebrischer Hast und Ungeduld, und schleppte er ganze Bürden von Gesträuchen nach Hause, so warf er am Ende Abends alles in die Pernitz.

Der Flachs blühte im Asang draußen immer blauer und blauer, die Tage wurden einer schöner, als der andere, und so kam endlich auch, wie es in jeder Woche gebräuchlich ist, der Samstag, und mit ihm kam der Schecke und Simon, und dießmal auch ein Brief an den Gast der grünen Fichtau. Dieser, als er das Schreiben gelesen, warf alle Stufen und Kräuter durcheinander, kleidete sich um, und lief von dannen, ohne Jemand zu grüßen, und ohne auch nur, was er sonst nie vergaß, seine Wochenrechnung zu berichtigen, was ihm Erasmus, nicht, als ob er Zweifel in seine Rechtlichkeit gehabt hätte, aber der Unordnung wegen, sehr übel nahm, insbesondere, da der Gast auch die Nacht hindurch nicht wieder kam. Des andern Tags, als man, wie Sonntags gewöhnlich, nach Prüglitz zur Kirche fuhr, erfuhr man, daß er über Nacht bei Robert gewesen, und daß Beide mit Tages Anbruch fort gefahren seien, mit der Weisung, sie würden erst spät Abends zurückkehren.

Wo sind sie hin?

Die Sache war die: Fast erst zur Zeit des Schlafengehens war Heinrich auf einmal in die Stube des jungen Ehepaares zu Prüglitz gepoltert, und mit den Worten: »Gott grüße euch schönstens und bestens, liebe schöne Frau! – aber erlaubt, daß ich mit eurem Manne sogleich einige Worte insgeheim in dringenden Amtsangelegenheiten rede,« zog er Robert in dessen Schreibstube, und sagte: »Nun, geliebtester aller Sindicusse, höre nur alsogleich dieses Schreiben an; das Herz bricht mir ohnehin beinahe aus einander vor Freude und Erwartung.«

»Lieber Sohn! Du schreibst ohnedem so selten, und dann entweder so kurz oder so verworren, daß uns beides nicht recht ist. Der Herr Pfarrer läßt dich grüßen, und dir sagen, daß es wirklich in der Traumatrikel der Kirche zu Grünberg verzeichnet steht, daß im Jahre Christi 1739 dein Urgroßvater der Doctor mit der ehr- und tugendsamen Jungfrau Margarita Scharnast, der Tochter des Obristen Julius Scharnast, ehelich copulirt worden ist, und der Obrist ist gar ein Graf gewesen, aber er hat es nie gesagt; denn er war nicht einmal so reich, als wie unser Doctor selber. Wenn es dir zu deinem Fortkommen dienlich ist, alles zu wissen, wie es sich begab, so steht es im Amte zu Grünberg aufgeschrieben, und der Herr Pfarrer läßt dir sagen, du sollst kommen und es dir aufschlagen lassen – auch habe ich mit dem Herrn Sindicus geredet und er sagt, daß von dem Obrist versiegelte Papiere in dem Schriftgewölbe des Amtes liegen. Komme also, und deine Schwester, die Anna, war sehr krank, ist aber schon besser. Die Kiste mit den Kräutern haben wir an den Boten abgegeben, aber es wäre uns lieber, wenn du doch etwas anderes thätest, und dein verstorbener Vater sagte immer, du solltest dich zu etwas Besserem wenden. Nun lebe wohl, und ich grüße dich recht schön und verbleibe deine treue Mutter, Magdalena.«

»Das liebe, gute, treue Mutterherz,« sagte Heinrich sehr gerührt, – »und nun Robert rede.«

»Wenn es ist, wie es jeden Anschein hat,« entgegnete Robert, »so segne Gott den Tag, der dich in die Fichtau führte, es ist doppelt gut; denn siehe, du sagtest nichts, und sie sagte nichts, aber ich weiß alles.«

»Schweig davon, freilich weißt du alles, und es wird schon gut werden – aber nun sage, wirst du dein Versprechen halten, gehen wir hinauf?«

»Nun ja, sobald du willst.«

»Morgen also.«

»Sonntags? man wird es übel nehmen, wenn wir nicht in der Kirche sind.«

»Ich bitte dich, nur morgen keine Kirche; mir brennt die

Erde unter den Füßen, bis alles im Reinen ist; mich zieht es nach dem verzauberten Schlosse, als wäre jede Minute ein unersetzlicher Verlust.«

»Gut, also morgen.«

Und am andern Tage, ehe noch die Dämmerung anbrach, fuhren die Freunde durch den Schwibbogen des schwarzen Thorthurmes von Prüglitz, und ehe die Sonne die Hälfte ihres Vormittagsbogens erklommen hatte, stiegen sie zu Fuße den steilen Weg zu dem Schlosse Rothenstein hinan. Eine Allee uralter, dichtbehaarter Fichten führte gegen die graue eisenglatte Mauer, und die laue Vormittagsluft seufzte schwermüthig in den Zweigen. Wohl gelangten sie zu dem Thore, aber es war von unten bis oben vermauert, die Tünche der neuen Mauer stach gespenstig ab gegen die verwitterte Kannelirung des Flachbogens, und darüber starrten mißstimmige Trümmer eines Wappens. Robert duckte sich unter das Haselgebüsche, das an der Ringmauer wucherte, und tappte einige Schritte vorwärts, dann drückte er gegen einen hervorragenden eisernen Knopf, und eine grelle Glokkenstimme ertönte im Innern in wackelnden, unaufhörlichen Tönen. Und immer noch ein Schlag folgte, und noch einer, und noch einer dröhnend auf das widerwärtige Metall – endlich aber war es stille – allein auch diese Stille dauerte nun fort, durch kein Lebenszeichen von innen unterbrochen, nur von außen durch das tausendstimmige Grillenzirpen des Berges.

Die Freunde harrten.

Endlich, beinahe nach einer Viertelstunde hörten sie über sich eine Stimme: »Nun?«

»Ich bin's, Ruprecht,« sagte Robert, »öffne die Pforte; denn ich bringe, was dich freuen wird.«

»Bringt ihr, gestrenger Sindicus? – ei da müßt ihr es aus dem Grabe bringen,« rief die Stimme wieder, und in dem Augenblicke wurde am oberen Mauerrande ein Haupt sichtbar, dessen Haare und Gesicht dieselbe graue Farbe zeigten, wie daneben die uralte Steinmetzarbeit des Schwibbogens. Heinrich sah hinauf, und erblickte, wie die blaßblauen Augen des alten Hauptes starr verloren auf ihm hafteten. – – Dann aber regte es sich in der Luft, wie ein unheimliches, blödsinniges Murmeln, und das Haupt verschwand. Gleich darauf hörte man ein seltsames Knarren und Aechzen, und zum Erstaunen des Naturforschers schob sich ein Stück Mauer gleichsam in einander, und die dunkle Mündung eines Pförtchens wurde seitens des vermauerten Thores sichtbar, und in demselben, wie in einem Rahmen, erschien eine riesengroße Gestalt mit Gesichtszügen, als wären sie im Mittelalter verschollen, und würden hier zur Unzeit gefunden. Und ein Lächeln und Rieseln floß über die starren Falten, daß es aussah, wie, wenn im Herbste aus dem Himmel urplötzlich das Sonnenlicht über die düstre Pracht einer Felsenlandschaft gleitet.

»Es erfüllt sich alles, und endlich alles,« sagte er kindisch und träumerisch. »Gehet augenblicklich, und nur sogleich, in den grünen Saal.«

»Sei gegrüßt, alter Ruprecht,« sagte Robert, »lasse uns alles sehen, den rothen und grünen Saal und das andere; denn es thut noth, daß wir's sehen – wenn du es nämlich zugibst.«

»Ja, es thut noth, daß ihr es sehet, es thut noth – es thut noth« – sagte der Alte zögernd – »und ich bin eine Pforte; etwa haben sie dieselbe schon vor hundert Jahren gebaut, und nach dem es einer anhebt, geht Jeder hindurch, oder Keiner – so kommet nur – so kommet – –.«

Der Mann wich zurück, und sie traten ein, und in demselben Augenblicke ging ein fürchterlicher, ein zärtlich gewaltiger Ton über ihren Häuptern durch die Luft.

»Es ist nur die Geige des Prokopus,« sagte Ruprecht, »er grüßt euch, Erlaucht – schreitet nur herein in diese alte

Stadt des alten Geschlechtes.« Bei diesen Worten verbeugte er sich ernsthaft und tief, aber gegen Stellen, wo Niemand stand, und dann richtete er den Mechanismus der Mauer, daß es wie eine ablaufende Thurmuhr zu schnarren anhob, und sich herumschwenkte und schloß, so daß der Ort kaum zu erkennen war, durch den sie hereingekommen.

Sie traten auf einen lichten, geräumigen, gepflasterten Platz, auf den die heiße Sommersonne niederschien, und üppiges Gras aus den Fugen der Steine hervortrieb. Es war kein Schloßhof, sondern ein räthselhaftes Vieleck, der Senkung des Berges abgewonnen, worauf zwei schwarze Sphinxe lagen, mit den ungeheuren, steinernen Augenkugeln glotzend, und zwischen sich das ausgetrocknete Becken eines Springbrunnens hüthend – aber der Wind hatte das Becken halb mit feinem Sande angefüllt; aus den Randsimsen quollen Halme und dürre Blümchen; die Spitze des hintenstehenden Obeliskes war herabgestürzt, und um die Busen der Sphinxe liefen glänzende Eidechsen.

»Der Graf Johannes ist schon vor dreihundert oder vierhundert Jahren gestorben,« sagte Ruprecht, und machte mit seiner Rechten ein Kreuz in die Luft.

Die zwei Freunde stiegen indeß den verwahrlosten, ausgewaschenen Weg zu dem eigentlichen Schlosse empor; denn hinter der Gruppe der Sphinxe hob sich der Berg noch weiter hinan, und zerfiel in Gruppen von Büheln und Blökken, die ein zerstreutes Geschlecht von Mauerwerk trugen, mancherlei Thäler und Gebäude und Terassen zwischen sich lassend, auf denen Gestrüppe und Kraut aller Art wucherte, und mitunter ganze Wuchten verwilderten Weinstockes, der, seiner Zucht entronnen, sich längs des Bodens hinwarf, und um die überall hervorstehenden Marmorblöcke rankte, sein junges, frühlingsgrünes Blatt gegen das tiefe uralte Roth derselben legend. Mancher schreiende

Vogel flog empor, wie die Freunde weiter schritten, und schwang sich über die fahlen Mauern gegen den blauen, lächelnden Himmel.

Freilich war es eine halbe Stadt von Schlössern, wie Vater Erasmus es gesagt hatte. Dieß wurde dem Naturforscher immer klarer, je weiter sie vorwärts kamen, und je mehr sich die Werke hinter einander verschoben. Niedere Mauern liefen, Brüstungen bauschten sich, Flügel sprangen vor, seltsame Zacken ragten empor, ein Thurm stand, wie ein Stift, auf einem furchtbaren, rothen Felsgiebel; die Anmuth griechischer Säulen blickte durch eine Schlucht sanft herüber, Brücken spannten sich, Thore wölbten sich, und tausend anderes Werk war da, scheinbar ziel- und zwecklos, aber doch ein Geschichtsdenkmal, wie ein viele Jahrhunderte altes, vielleicht närrisches, vielleicht geniales Geschlecht wunderbar auf diesem wunderbaren Berge gehauset und gegraben und gebaut hatte. Noch dazu nicht ein einziges menschliches Wesen auf ihrem ganzen Wege, als der unheimliche Greis, den Heinrich mehr als einmal versucht wurde, für ein abgeschiedenes Wesen aus längst vergangenen Jahrhunderten zu halten, so widersinnig benahm er sich; denn bald blieb er stehen, und machte mit den langen Armen Zeichen in die Luft, bald murmelte er, bald ging er schnell und redete plötzlich laut und fröhlich zu Heinrich, als ob er ihn lange kennte; dann nannte er ihn aber Sixtus, bald sprach er zu Wesen, die nicht da waren – und auf einmal erzählte er ihnen wieder ganz ordentlich, und nannte ihnen die Flügel und Bauten. Thiere waren genug auf dem Berge. Ganze Schaaren von kreischenden Mauerschwalben flogen um die Thürme und aus den Fenstern; Sperlinge balgten sich auf den Dächern, wo nämlich noch solche vorhanden waren – Hasen hüpften, alle Sorten Schmetterlinge und Insekten flogen, eine Lindengruppe hing ganz voll von summenden Bienen, und zuletzt kam ihnen noch ein Hund nach, ein Bullenbeisser der größten Art, den Ruprecht auch Sixtus nannte, und streichelte.

»Sehet, Erlaucht,« sagte er, »wir haben euch die Dinge bewacht, die ihr uns gabet, und er da hat mir geholfen, sie zu bewachen. Es sind immer mehr geworden. Im Sixtusbaue, wo die Zellen ausgehauen sind, fließt alles von Honig; ich habe ihnen nie einen genommen, und der Wein im Keller muß in seiner eigenen Haut liegen. Ich habe es gut gemacht; denn man kann nur durch die Klausur der Nonnen hinein, und da suchte das Gericht nicht. Sehet, das dort ist der Thurm des Prokopus, aber geht nur in den grünen Saal – ihr werdet erfahren, Graf Sixtus, wie gut der Mann conterfeit hat.«

»Du hast wieder einen deiner bösesten Tage, altes Rüstzeug,« sagte plötzlich Robert zu ihm, und fixirte ihn mit den Augen.

Der alte Mann schwieg augenblicklich, und nachdem er den Sindicus wie fragend angesehen, schlug er die Augen nieder, und Heinrich hätte sehen können, wie sich sogar durch die versteinerten Züge ein feines Erröthen zog, weil der arme, alte Mann oft plötzlich seinen Zustand einsah, und sich dann, wie ein Kind schämte, das Unschickliches that. Er ging von nun an demüthig hinterher, und schüttelte nur zuweilen mit der Hand den Schlüsselbund, den er hielt.

»Die Freude hat ihn aufgeregt,« sagte Robert, »oder sonst etwas; denn er ist nicht immer so sehr aus dem Zeuge.«

»Und du, wenn du mich lieb hast,« erwiederte Heinrich, »so lasse ihn gewähren. Er scheint mir eine Chronik zu sein, in der nur die Blätter durch einander geworfen sind.«

Dieß hatten sie lateinisch gesagt; denn der alte Mann heftete mißtrauisch sogleich die Augen auf Robert, sobald er zu reden begann.

Nun hatten sie endlich den Berggipfel erreicht, und Heinrich sah, wie erst eigentlich gegen die andere Seite hinab in einem sanftgeschwungenen Thale der größte Theil der Bauwerke lag: der griechische Bau des Grafen Jodok sah aus einem Schooße dichten Gebüsches herüber; ein edles Geschlecht weißer, schlanker Säulen, und es war auch so grün herum, als zöge sich ein jonischer Garten von ihm sanft gegen die andern barbarischen Werke hinan; denn wie ein verdichteter, zusammengebundener Blitz sprang der Thurm des Prokopus zackig und gothisch empor; der Felsen selbst, auf dem er stand, ragte aus einem Fichtenwalde heraus, der, durch den Borkenkäfer abgestorben, wie ein weißes Gegitter da stand – hinter ihm lagerte sich breit und massiv, ohne die geringste Verzierung, der bleifarbene Sixtusbau mit noch vollständigem, grünem Kupferdache. Breite Treppen, große schwere Thorbogen und Quadern, ungeheure Fenster, flach und ohne Sims in der Mauer stehend, und eine solche Glätte und Festigkeit zeichneten das Schloß aus, daß man meinte, es sei ein einziger ausgearbeiteter Granit – lange Mauern, Terassen und Gartenbauten gingen von da gegen Westen, wo der Berg erst anstieg, dann eine schöne Ebene bildete, die immer schmäler und länger, wie eine Zunge hinauslief, an deren Rändern der Fels steil gegen die Fichtau abfiel. Hier standen die neueren Gebäude, ein noch wohlerhaltener, moderner Flügel des letzten Besitzers, ein Gartenhaus, allerlei Lusthäuschen, Ruhesitze, mit und ohne Geschmack; hier war es auch, wo man die schönste Aussicht auf die Fichtau genoß, die grün und weich und ruhig in der wohllüstigen Sommervormittagsluft unten lag – noch einen andern Bau voll von Balkonen, Giebeln und Erkern sah man um einen Eichenbestand herüberblicken; er lag am weitesten ab, und war gräßlich zerfallen, auch in der Umgegend standen lauter dachlose zerfallende Trümmer, – es war die Wohnung des alten Julian gewesen. Ein Gedränge uralter, riesenarmiger Eichen schritt von da gegen den Neubau herüber, und man sah zwischen den Stämmen Dammhirsche wandeln, und grasen.

Heinrichs Herz klopfte hoch und seltsam, als er auf einer vorspringenden Platte stand, und den Complex dieser Bauwerke und Gärten und Wälder übersah, zum Theil frei daliegend, zum Theil durch Buschwerk, Wölbungen oder Vorsprünge gedeckt, das ganze durch eine klafterdicke, hohe Granitmauer umfangen, an der, nach der Bauart zu schließen, viele Geschlechter gearbeitet hatten, und die er thörichter Weise bei seiner Entdeckung des Schlosses für die äußere Mauer desselben gehalten, weil er unten und dicht an ihr herumgeklettert war.

Alles das ist vielleicht in wenigen Tagen sein, und ein unabsehliches Feld von Wirken und Schaffen that sich ihm auf, und von Genießen und Schwärmen für seine arbeitende närrische Phantasie, der ein solches Dichtungschaos, wie dieser Berg, gerade willkommen war. Er mußte von der Platte weggehen; denn ein Wirrsaal und ein Getümmel von Plänen und Gedanken kam schon in sein Haupt, die sich schoben und drehten und noch keine Gestalt hatten. Wie viel tausendmal, wenn er so durch die Welt ging, in der kein handgroßes Fleckchen sein war, hatte er gedacht: wenn ich nur so viel vor mich bringen kann, daß ich nicht muß nach Hause gehen, das magere Feld meiner Mutter, wenn sie einmal die Augen zuthut, nehmen, und darauf mir im Schweiße des Antlitzes harte Schwielen und schwarzes Brod erarbeiten; sondern daß ich mir kann ein Stückchen dieser Erde erwerben, wie und wo es mir gefällt, und dort pflanzen und graben und wirken, und es so schön und so närrisch einrichten, als ich immer will, und als es die Menschen nicht wollen – und daß ich dort kann denken und ausbrüten – – und freilich wäre es gut, wenn ich von diesem Neste dann auch zuweilen ausfliegen und ein gut Stück dieser Welt durchschwärmen könnte, um mir ihre Schönheiten nach Hause zu tragen, und sie dort im Herzen zu verarbeiten: dies hatte er gedacht: – und nun ist das alles auf einmal wahr, und noch mehr dazu; das Nest liegt vor ihm, viel überschwenglicher, als er es sich je gedacht hatte, und seine romantischen Vorfahrer hatten ihm bereits trefflich in die Hand gearbeitet, und hinwieder so viel liegen gelassen, daß ein körniger Geist hier noch lebelang zu schaffen hat – und außer diesem Neste: die ganze, schöne, ihm so lieb gewordene Fichtau ist unmittelbar sein mit allem, was darin athmet und lebt – es ist seinem Schutze, seiner Förderung anvertraut – ungeduldig, wie er war, kam ihm schon vor, als müsse er nun dreihundert Jahre leben, um all das Geziemende in's Werk zu setzen – ja manches bereits Bestehende sah ihn so bekannt an, als hätte er es selbst vor hundert Jahren begonnen.

Neben ihm stand der klare, milde, practische Mann, Robert, und sah mit Wohlgefallen auf den Freund und auf die Sache, und die beiden Männer sahen, gegen einander gehalten, aus, wie der Nutzen, und wie die Dichtung – – und können sie sich vereinigen, so kann der eine von dem andern gewinnen.

Die Sage, der alte Ruprecht, stand märchenhaft und mythisch hinter ihnen.

»Das ist ja ganz auserlesen herrlich,« rief Heinrich, »ich weiß gar nicht mehr, wie mir ist. Der ganze Berg erscheint mir, wie eine Tradition, davon ich selbst ein Glied bin, und von der Fichtau mein' ich, sie liege gar nicht mehr unten – komm, lasse uns gar auf die Landspitze dort vorwärts gehen, ehe wir in all das Mauerwerk kriechen, und laß uns schauen, ob denn das Land unten noch so aussieht, wie gestern.«

Und sie gingen vorwärts auf die Spitze der Landzunge bis an den äußersten Punkt, wo die Wand schwindelsteil abstürzt, und man über die Ringmauer hinaus wohl hundert Klafter tief hinabsieht – und dort war auch ein Bauwerk zur Aussicht aufgeführt, fast wie eine Moschee aussehend, aber statt der Wände waren nur schlanke Säulen mit breiten Zwischenräumen zur Umsicht, und mit umlaufenden Sitzen von dem rothen Landesmarmor gehauen.

Freilich lag das Land unten, wie gestern: ein sanftes Hinausschwellen von Hügeln und Bergen, in der ruhigen Mittagsbläue der Luft schwimmend, mitten drinnen der glänzende Faden der Pernitz, alles bekannt und vertraut, eine milde Gegenwart, hold herumliegend um die unklare Vergangenheit, auf der sie standen. Von der grünen Fichtau war nichts ersichtlich, nur der Felsengipfel des Grahns blickte röthlich blau, und schwach durch die dicke Luft herüber, und Heinrichs Auge haftete gerne und mit Rührung auf ihm, als einem Denkzeichen des Herzens, das an seinem Fuße schlägt, und das ihm so über Maßen lieb und theuer geworden ist.

Die Freunde sprachen nur wenige Worte, indem sie ihr Vergnügen ausdrückten, und sich die verschiedenen Bergformen zeigten und erklärten, während der Alte noch immer stumm und unbeweglich hinter ihnen stand – nur die auf dieser Höhe ziehende Mittagsluft regte die dünne, graue Locke seiner Schläfe; denn er hatte das Barett von beiden unbemerkt noch immer in den Händen.

Nach einigen Minuten Herumschauens gingen sie wieder zu den Gebäuden zurück, und Heinrich schlug vor, gleich die neuen aufschließen zu lassen, da sie einmal in der Nähe seien, aber Robert erklärte ihm, daß dies unmöglich sei; denn Graf Christoph hatte, ehe er in den afrikanischen Krieg geritten, alle Thore versiegelt, mit dem Bedeuten, daß vor seiner Zurückkunft nichts berührt werden dürfe, im Falle seines Todes aber der neue Besitzer erst am Tage seines Antrittes die Gebäude öffnen möge. Heinrich schaute daher mit einer Art neugieriger Scheu, da sie dicht an den weitläufigen Werken vorüberkamen, an den großen Spiegelfenstern empor, aber es waren an allen, ohne Ausnahme, grünseidne Vorhänge niedergelassen, und diese hingen so ruhig und schwer hinter dem glatten, glänzenden Glase, daß es ihm ordentlich war, als lausche dahinter irgend ein seltsames, oder düsteres Geheimniß. Auch die Siegel, von denen Robert gesprochen hatte, waren an allen Thüren und Thoren sichtbar, sie waren grün, ungeheuer groß, und mit dem Scharnastischen Wappen versehen. Das Gebäude, obwohl neu, war doch nicht in neuem Style gebaut, aber auch nicht im alten – und einen ganz sonderbaren Eindruck machte der Umstand, daß, obschon das Aeußere allerorts von innerer Pracht redete, doch das Ziegeldach in einem Zustande war, wie das einer verwitternden Ritterburg; der Wind hatte den einen und andern Ziegel herausgenommen, worauf bald mehrere oder wenigere seiner Nachbaren folgten, so daß nun an manchen Stellen die nackten Sparren und Latten lächerlich und ungastlich in die Luft hinausstarrten. Der alte Mann sah alles das mit so ruhigen und heitern Blicken an, als wäre es in der schönsten Ordnung. Der Kiesplatz vor dem Portale war von altem Regen zerwaschen, keine Spur von Rädern oder Hufen ersichtlich, und überall zwischen den Quarzkörnern sproßte zartes Gras hervor.

»Und wie lange ist dein letzter Herr schon weg vom Hause?« fragte Robert, »aber setze doch dein Barett auf, alter Mann.«

»Ja, die Sonne ist heiß,« erwiederte Ruprecht, »und eine Pelzhaube ist gegen sie so gut, wie gegen den Winter.«

Und wirklich sahen die Freunde, daß sein Barett, das er bisher immer in den Händen gehalten hatte, trotz des heißen Sommertages eine tüchtige Pelzhaube war.

»Nach der großen Krankheit, die im Lande draußen war,« fuhr er fort – – »nein, es war ja v o r der Krankheit, und Narcissa starb an ihr, weil sie sich so kränkte; aber eigentlich hieß sie gar nicht Narcissa, sondern Tiburtia, aber weil sie so hoch gewachsen war, weil sie so zart und schön war, und weil sie den Kopf stets ein klein wenig gesenkt trug, so hat er sie immer Narcissa genannt – der junge Graf war aber auch so schön, wie kein einziger im ganzen, grünen Saale – der Herr vergebe ihm, er war sehr stürmischen Gemüthes und doch gut wie ein Kind; denn ich habe ihn selber weinen gesehen, daß man meinte, das Herz werde ihm aus dem Leibe springen, und dann ließ er die grünen Vorhänge nieder, siegelte alle Thore zu, und ritt davon, weil er auch trotzig war, wie Graf Julius, der auch fort ging, und noch nicht wieder gekommen ist. Das Drehthor hatte er noch machen lassen, und das große daneben zugemauert – und alle Diener und Jäger und die Hunde und die Pferde, Alles flog des Tages davon, und er sagte: Hüte das Werk, wie den Stern deiner Augen, und halte die Brut ferne von meinem Horste, bis ich komme, zu sagen, daß ich nun mehr gethan, als sie alle, und daß ich nun auch leben wolle nach dem Schlage meines Herzens. – Und ich hab es auch gehütet; sehet, Graf Sixtus, nur die Vögel des Himmels mochten hereinfliegen, und eine solche plötzliche Stille ward es im Sonnen- und Mondscheine, nur daß die Todtengeige des Prokopus zuweilen tönte und läutete; denn er hatte sie wieder richten lassen, ehe er fortging – und es waren fünf, sechs, acht Jahre, bis ihr mit dem großen Pergamente kamet, und viele Herren mit euch, und ihr alles untersuchtet, auch das Papier, so er mir gegeben – – und da sagtet ihr ja selber, wie es in eurem Pergamente geschrieben stehe, daß sie ihn in der heidnischen Stadt so schön begraben haben. Die Narcissa liegt in der Schloßkapelle, der Dechant war selbst herüber gekommen, und hatte gesagt: ich will sie gesegnen. – – Denn, seht, sie konnte nicht mehr warten und das Herz war ihr stehen geblieben. – – Aber trauert nur nicht, Graf Julius, er kömmt doch noch wieder, so wie ihr gekommen seid – – .«

Die zwei Männer sahen sich verständigend an, und schritten weiter. Keiner mochte dringen und forschen, keiner aber war mehr unbefangen. Man war mittlerweile durch den Eichenhag bis nahe an die Ruinen des Grafen Julian gekommen, und wie man aus dem dunkeln Waldesschatten auf den glänzenden Rasenplatz hinaus getreten war, wo mit einem Male die mächtigen Trümmer in die Augen springen – denn sie stehen und liegen auf dem reinlichen, weichen Rasen herum – so sprang der große Hund Ruprechts plötzlich gegen den Anger vor, und wedelte und scharrte und trieb ein Freudengebelle in die Luft – – und Ruprecht schrie empor: »Daß du stürzest, Pia, du fürchterliches Kind, – Pia, Pia, – – siehe, mein Herz, komme eilig herunter – – ich habe dir ja gesagt, du sollest bei den Ringelblumen sitzen bleiben, und sollest zählen, wie oft die Schwalbe zugeflogen kömmt – – .«

Und ein feines, klingendes Silberstimmchen ertönte in der Luft: »Sie flog fünfmal und zwanzigmal, und immer – und von den Ringelblumen ist die erste gelb, und die zweite – und sie waren alle gelb. Ich falle nicht, sieh nur Vater, sieh, ich falle nicht.«

Die Freunde blickten empor, und auf einem der höchsten Balkone des zerfallenden Schlosses, auf einem Balkone, der so in der Luft draußen hing, als klebe er nur an einem einzigen Steine – nein nicht auf dem Balkone, sondern auf dem Geländer desselben ritt ein Kind, dem Anscheine nach ein Mädchen; denn es wallte eine Fülle der schönsten gelben Ringellocken um den Nacken und das glühende Gesichtchen, sie mochte zehn bis eilf Jahre alt sein, oder auch noch jünger – am äußersten Geländer ritt sie und jauchzte, und wie ihr Ruprecht hinauf zugerufen hatte, so wurde sie erst recht freudig, daß Jemand ihre Heldenthat sehe, und so wie sie ihr Stimmchen hatte erklingen lassen, so stand sie gar auf, und stand oder schwebte auf dem unsichtbar schmalen Stege des Geländers, und ging vorwärts, und ging rückwärts, und neigte sich, und beugte sich über, daß den Männern unten ein Schwindel und Grauen ankam, und ihnen die Augen vergingen.

Und sie rief dem Hunde zu: »Hüon, Hüon, komm herauf.« Und da dieser sich wälzte und plump in die Luft sprang und abenteuerliche Freudentöne gab, so wußte sie sich nicht zu helfen vor Lachen.

»Es ist meine Enkelin,« sagte Ruprecht, »ich werde mir noch die Haare ausraufen müssen, wenn mir einmal der Hund ihre zerschmetterten Glieder nach Hause schleppen wird; denn er hat sie lieb und sie folgt ihm auch am meisten.«

Und da die drei noch immer gebannt standen, und hinaufsahen, warf sie die Arme empor, und zeigte hierhin und dorthin, und rief: »Ich sehe alle Mauern und alle Bäume, und die ganze Welt, o, das ist herrlich!«

Und so trieb sie es noch einige Augenblicke, daß es oft schien, als hänge ihr lichtes Kleid, wie eine weiße Sommerwolke im Himmelsblau draußen – die Männer standen regungslos, um sie nicht zu erschrecken und zu stören – aber endlich schien sie ihres Spieles müde, und sie verschwand plötzlich oben; aber schier in demselben Augenblicke wurde sie unten sichtbar, wie sie durch eine kleine Bresche der Mauer neben Himbeergebüsche heraustrat. Allein da sie die Fremden erblickte, die sie während ihrer Seiltänzerkünste oben nicht bemerkt zu haben schien, so blieb sie stehen, und sah dieselben eine Zeit lang mit wilden, schwarzen Augen an, dann aber ging sie zuerst langsam um die Mauerecke, scheu und wild, wie eine junge, schlanke Pantherkatze, dann fing sie an, den jenseitigen Rasenhang hinabzulaufen – der Hund hinter ihr her, und die Freunde sahen noch, wie sie weiter unten das mächtige Thier mit beiden Armen umschlang, und sich mit ihm durch Gras und Gebüsche hinabschleifte, bis sie beide nicht mehr sichtbar waren, und nur die Büsche wogten.

Der alte Ruprecht stand da, und in den tiefen Falten seines Antlitzes schlotterte geisterhaft Zorn und Todesblässe. »Wir werden jenes Loch zumauern, Erlaucht,« sprach er gedämpft, »im Parthenon liegen noch Ziegel – – aber da müßte ich die ganze Welt zumauern – – die Raben des Grahns werden kommen, über meine Hütte fliegen, und mir Botschaft bringen, wenn sie schon Tage lang nicht nach Hause gekommen ist – die gierige Kohlmeise wird ihre lieblichen Aeuglein ausgehackt haben, und die Fische der Pernitz werden emsig herumschwimmen um ihre zarten Glieder, daran die Welle wäscht, und sie werden hastig zupfen an dem Fleische, und sich balgen um das Stück, das einer erwischte – – und ich werde sie suchen, und suchen – nicht finden, und dann werde ich zu dem fürchterlichen Himmel empor heulen, daß die Sterne daran zittern; denn sie ist so schön, sie ist das allerschönste auf der ganzen Erde, das schönste zwischen Sonnen und Sternen.«

Dann warf er die Augen furchtsam gegen Heinrich, und sagte: »die Treppe ist noch recht schön und breit, Erlaucht, die uns zum Portale führt. Ich halte es immer gesperrt – soll ich öffnen? und das Loch werde ich mit diesen meinen eigenen Händen zumauern.«

Und er öffnete, aber es war lächerlich zu schließen, wo nichts zu verschließen war; denn durch alle Fenster wehte die Luft, kein Getäfel und Holz war mehr zu erschauen, der Marmor der Gänge und Säle erblindet; steinerne Stiegen hingen in der Luft, Schutt rollte und rieselte allseits, ein buntes Lichterspiel flimmerte, und hellgrüne Pflanzen taumelten und schossen allerorts, wo nur ein Lüftchen zog und ein Strahl hin küßte. Das Haus war sehr alt, und es soll schon die Wohnung des alten Hans gewesen sein, und Julian war der Letzte, der in seinen Trümmern wohnte, obwohl damals der Sixtusbau schon längstens stand, und selber sein Vater Prokopus den gothischen Thurm gebaut hatte. Man sah deutlich die Spuren neuer Reparaturen, die aber nun selber schon wieder Ruinen waren. Es mußte viel Getäfel und Holzbaute da gewesen sein; denn manches Mauerwerk stand so seltsam und unbefriedigt in die Luft, daß man leicht sah, es fehle die Ergänzung – und mit Entsetzen bemerkten die Freunde, daß über die hängende und zum Theil schon schief gesunkene Stiege das Mädchen zu dem hohen Balkone gelangt sein müsse. Heinrich sagte zu Ruprecht, daß er ja jede Oeffnung zu dem Trümmerwerke undurchdringlich verlegen möchte, und er nahm sich vor, sollten je diese Besitzungen sein werden, sogleich die gefährliche Stiege abbrechen zu lassen. Ruprecht führte sie bei einem andern Thore hinaus, als wo sie herein gekommen waren; jedoch sie gelangten hier nicht in's Freie, wie Heinrich gehofft hatte, sondern in einen großen lichten Hof, es war aber doch wieder kein Hof, sondern es lief ein heller, freundlicher Säulengang, von hinten durch einen großen Marmorfels geschlossen. Mitten lag eine Art Garten. Wenn ein Wald oder Garten auch eine Ruine sein könnte, so wäre es dieser gewesen, aber sonderbar: mitten durch lief ein breiter, schöner Weg, als wäre täglich Jemand darauf gewandelt, oder als wäre er gestern erst gemacht worden. Zu seinen Seiten jedoch waren eingesunkne Gartenbeete mit blechernen Blumentafeln, und einer fröhlichen Wildniß von Unkraut, eine Mischung von Obstbäumen, aber der eine, eine schwarze verdorrte Ranke, der andere ein Pflock mit zwei grünen Wasserschößlingen, der dritte herrlich und mit beginnender Frucht überfüllt, eine zwecklose späte Gabe und so ging es fort – die Pfirsiche an der Wand, einst die Liebe und der Stolz des Herrn, hingen seitwärts, unfruchtbar, und kläglich verkommen, daß sie eher wilden Schlehenbüschen ähnlich sahen. Eine Ulme war empor geschossen und streckte ihre Zweige lustig in den Säulengang hinein. Und tausend Bienen und Käfer summten und arbeiteten in den üppigen Blüthen des Unkrautes.

Und wie sie im heißen Sonnenscheine immer weiter gingen, so stiegen ihnen die rothen Felsen immer größer entgegen, und Heinrich bemerkte endlich, daß in dieselben eine hohe Pforte gehauen war, mit einem eisernen massiven Thore verschlossen, daran eiserne Schlösser hingen, und wie man näher kam, so sah man auch die gräflichen und die Gerichtssiegel auf den Schlössern. Heinrich erkannte augenblicklich hieran den rothen Stein der Scharnast, dessen Bedeutung ihm Robert heute Nachts auseinandergesetzt hatte; es überflog einen Augenblick sein Herz, wie wenn die Schatten seiner vergangenen Tage um ihn flatterten, und alle die seiner Ahnen ob dem Gewölbe schwebten, wo sie ihre Seelen geschrieben niederlegen mußten.

Neben dieser Pforte war eine andere, aber sie war nicht in den Felsen gehauen, nicht massiv und nicht versiegelt, sondern sie war ein hohes und breites Eisengitter, durch das man auf einen andern fernen Garten sah, in welchem statt der Blumen einige Kreuze standen, statt des Obeliskes ein weißes Crucifix in der Mitte von vier Linden, und statt des Gartenhauses eine Kapelle, von den Eichen überschattet, die ihre Riesenäste über die Gartenmauer hereinstreckten.

Hieher, dachte Heinrich, waren freilich viele Geschlechter gewandelt, die Einen mit schweren Worten im Haupte, die Andern mit ewigstummem Munde. Zuletzt mag wohl die räthselhafte Narcissa eingegangen sein, – – und wer wird dann kommen? – – sonderbarer Weise fiel ihm in diesem Augenblicke das Kind, Pia, ein, als ob er es mit dem inneren Auge schon irgendwo zerschmettert liegen sähe.

»Ich habe die Schlüssel nicht zu dem rothen Steine,« sagte Ruprecht, »sie liegen im Christoph-Hause aufbewahrt, auch wißt ihr ja, gestrenger Sindicus, wie ihr damals mithalfet das Obrigkeitssigill hier anzulegen; denn die Bücher da drinnen reden nur zu Leuten, die aus dem Blute unserer Grafen sind, und jeder Tropfen ist aufgeschrieben, der seit siebenhundert

Jahren aus einem ihrer Herzen rann, und keiner darf es lesen, der nicht ein Kind der Familie ist, aber zu dem andern Thore habe ich die Schlüssel.«

Und er schloß das Gitter auf, und führte sie durch eine heitere Allee von Linden auf den Kirchhof. Es war der stillste Ort, den Heinrich noch auf dem Berge gesehen hatte, ordentlich zum Frieden und Schlummer ladend; denn von drei Seiten war er durch den Eichenwald des Julian umgeben, so daß fast kein Lüftchen, ja beinahe kein Ton von außen zu dieser Insel dringen konnte, und von der vierten Seite deckte die Lindenallee das alte Schloß so, daß nur hie und da graue Stücke desselben aus dem Himmelsblau hereindämmerten, der Rest aber von schönen, dunkelgrünen Kronen bedeckt war. So war der Ort, wie eine abgeschiedene Waldwiese, die zu Gefährten nur den blauen Himmel hat und das niederfliessende Gold der Sonne. Auch war jene wimmelnde Bevölkerung von Kreuzen und Zeichen nicht da, womit sonst so gerne die Erhabenheit eines Todtengartens zerstört wird, und womit der Mensch seine armen Flitter, mit denen er sein Leben behängt hatte, auch in dieses ernste Reich der Abstraction hereintrödelt: sondern es war nur dunkler, hingehender Rasen mit tausend Blümchen und Kräutern; nur einige Kreuze waren da, die Ruhestelle treuer Diener des Hauses bezeichnend, und ein anderes hohes vom weißen Marmor stand als allgemeines Simbol in der Mitte des Gartens zwischen alten, schöngewachsenen Linden. Einige Mitglieder des Geschlechtes ruhten ohne Zeichen und Monument, wie sie es verordnet, unter der allgemeinen einfachen Decke des Rasens; andere lagen mit Wappen, Emblemen, Ornamenten und Prunk, auch, wie sie es verordnet, in der weitläufigen Gruft unter der Kapelle. Ein einziger Sarg in der Gruft war ganz einfach von Eichenholz gezimmert, und es stand nicht das geringste Zeichen, ja nicht einmal ein Name darauf. Die Freunde konnten nicht fragen, weil Ruprecht nicht mit ihnen in die Gruft hinabgegangen war, sondern an dem Thore oben ihrer harrte. Aber auch hier fragten sie nicht, weil ein anderes Ereigniß ihre Aufmerksamkeit ansprach, und sie der Frage vergessen ließ, nämlich, wie sie das dunkle Thor der Kapelle heraustraten, hörten sie es plötzlich rauschen, und sahen noch das Wegflattern des Gewandes, und den Sprung des Hundes: das wilde, scheue Kind, Pia, war in ihrer Abwesenheit bei Ruprecht gewesen, und hatte bei ihrer Ankunft die Flucht ergriffen; sie sahen nur noch, wie sie hinter einem Hollunderbusch, der an der Kirchhofmauer stand, verschwand, aber dort stehen blieb, und durch eine Oeffnung ihr schönes Gesichtchen herausbog und halb dreist, und halb geschreckt mit den übernatürlich glänzenden, schwarzen Augen, die Fremden anstarrte – aber wie sich Robert nur regte, so zuckte sie weg, und wurde erst viel später wieder gesehen, wie sie mit Hüon auf einer rothen Felskuppe stand, und dann sah man sie bis gegen Abend nicht wieder. Heinrich konnte sich eines unheimlichen Gedankens nicht erwehren, wenn er sich diese zwei Wesen als die einzigen Bewohner des Berges dachte; den mährchenhaft alten, blödsinnigen Mann, und das verwahrloste, zartgliedrige Wesen, das in seiner Gesellschaft zu einem Wüstenvogel aufwachsen muß, der kreischend und entsetzt aufflattert, wenn ihm die schöne Bildung eines Menschenantlitzes sichtbar wird.

»Sie ist auch stille und gut,« sagte Ruprecht, nachdem er die Kirchenthüre gesperrt, und den Schlüssel wieder zu den andern genestelt hatte, »sie saß die ganze Zeit, als ihr in dem Gewölbe unten waret, hier auf dem weißen Steine und athmete ihr Laufen aus, und aus dem Händchen quoll ein Blutstropfen, weil ihr sie an den alten Mauern so erschreckt habt, und sie fragte, wer ihr seid, und warum ich euch denn nicht erschlüge, wie den Wolf, der auch im Winter hereingekommen ist, und mit Hüon spielen wollte. – – Ach sie wußte nicht, auf welchem traurigen Steine sie saß, und die Worte von Menschen und Wölfen redete – –.«

Er zeigte hiebei auf einen Würfel von weißem ungemein schönem Marmor, der seitens der Kapelle lag, aber weder Zeichen noch Inschrift trug.

»Er hat einen feinen Werkmeister gesendet,« fuhr er fort, »da er ihren Tod hörte, damit er dieses Ding meißle nach dem Vorbilde des, worunter Chelion liegt; aber als ihr das große Pergament brachtet, und von seinem Begräbnisse erzähltet, da raffte der Werkmeister den Hammer und Meißel zusammen, und ging fort, daß der eichene Sarg ohne Namen und Zeichen unten stehen muß, und auch der Conterfeier ging fort, und ließ die schönen, grünen, seidnen Vorhänge hängen, und sie hängen noch dort; denn das Grüne hat er sehr geliebt – – und ihr müsset sie beide züchtigen, Erlaucht, die ungetreuen Knechte.«

»Lasse uns um Gottes willen das andere schnell abthun, – mir wird es entsetzlich in der Gegenwart dieses alten Mannes,« flüsterte Heinrich seinem Begleiter zu.

Aber in dem Augenblicke sah ihn der Alte mit so schönen treuen Augen an, mit dem Angesichte eines hundertjährigen Dieners des Hauses, dessen treuherzige Einfalt zuletzt identisch geworden mit den Steinen der Burg – – und wer weiß es, wie tief ihn der Schmerz und der Jammer des räthselhaften Hauses berührt hatte; denn diese Züge waren so furchtbar verwittert, als hätten Jahrhunderte des Elendes und des Entzückens hineingeschnitten. Heinrich bereute augenblicklich seine innerliche Härte gegen den Greis, und nahm sich vor, ihn von nun an recht aufmerksam zu behandeln, die arme hundertjährige Waise dieses Berges – namentlich, da er eben mit tiefster Ergebung sagte: »Wir kommen jetzt durch die Eichen zum Sixtushause herum, ich werde euch die Clausur der Frau Hermengild aufschließen, aber es sind jetzt die Bienen d'rin – sie thun nichts, und sind nicht wild; denn ich habe ihnen nie Honig genommen, sie tragen viel aus den Linden der Gräber herüber – – ich werde euch auch den Wein zeigen.«

Und er führte sie im Bogenwege durch den Eichenhag, und es stieg ihnen der wohlerhaltene Sixtusbau entgegen.

Wirklich sehen sie hier den seltsamsten Haushalt der Welt: ein schmaler, langer Glasgang mit erblindeten regenbogenfarbigen Scheiben lief neben wucherndem Gebüsche hin, von einem breiten Ueberdache beschattet, nur einige Scheiben fehlten, und eben da wogte es von Bienen aus und ein, und so viel man durch das trübe Glas erkennen mochte, war der Gang, insbesondere die Nischen abenteuerlich mit riesenhaften Waben bebaut, und die allergrößte Thätigkeit herrschte fort, daß es einem ordentlich wirrte und schwirrte im Kopfe, je länger man diesem Treiben dieses Knäuels von Republiken zusah, an einem zu solchem Haushalte so unpassenden und ungewöhnlichen Orte.

»Die Nonnen gingen sonst immer durch den Gang ein,« sagte Ruprecht, »aber das ist nun nicht mehr möglich wegen der Bienen, ich werde hier öffnen, wo wir durch die Zellen der heiligen Frauen kommen. – Im Winter gebe ich ihnen immer Stroh; Graf Christoph nahm ihnen noch Honig, denn er war ihr Herr; aber ich lasse sie fortbauen, und es sind schon manche Schwärme in die Fichtau hinaus geflogen, weil die Thoren meinten, es sei hier zu enge, oder weil sie thaten, wie die Jugend überhaupt zu thun pflegt. Die Frau Gräfin Hermengild, als ihr Herr, Ubaldus, im heiligen Kriege gefallen, hat diese Zellen eingerichtet, und Frauen berufen, die in Anbetung Gottes, mit ihr als Nonnen lebten, und kunstreiche Arbeiten machten, die im rothen Saale sind; aber weil sie nicht von dem heiligen Vater geweiht waren, so wurde es nach dem Tode der Frau Gräfin untersagt, daß sie weiter bestehen; und die letzte starb, da mein Urgroßvater ein Kind war. Er ist auch Kastellan gewesen.«

Wir wollen unsere Leser nicht ermüden mit den weiteren Reden des Alten, der seine ganze frühere Scheu vergessen hatte, und ein lebendiges, redendes Buch wurde, als er sie so durch Zellen und Gemächer, durch Refectorium und Sprechsaal führte; und als sie all das dumpfe bestaubte Geräthe, die schwarzen Bilder, blinden Fenster, zerfetzten Tapeten und dergleichen sahen: aber zwei Dinge müssen angeführt werden, da sie wesentlich zu unserer Sache gehören.

Als sie nämlich aus der Clausur getreten waren, drang der Alte darauf, daß Robert hier ein wenig warten solle; er müsse dem Andern etwas zeigen. Anfangs zauderten die Männer, aber dann verstanden sie sich hierzu: Robert trat in die Vertiefung eines Fensters, und sah auf die Wolken hinaus, während Heinrich seinem Begleiter folgte. Dieser gab in Miene und Bewegung alle Zeichen der höchsten Freude zu erkennen, führte ihn Trepp auf Trepp ab, sperrte Thüren und Pförtchen auf und zu, machte endlich am Ende eines beinahe verfallenen Ganges Licht, und stieg mit ihm eine Wendelstiege tief hinab; dort öffnete er eine äußerst kleine Pforte, und führte Heinrich hinein: da lag weithin Faß an Faß, der Greis in höchster Freude zeigte darauf, und sagte: »Ich habe euch alles aufgehoben, Graf, der große Eingang ist verfallen, und die Treppe durch die Nonnenclausur wußten sie nicht, da sie kamen, um all das Eigenthum unseres Hauses zu beschreiben, und versiegeln, ich pflege den Wein, und habe noch keinen Tropfen getrunken, gebt mir nur ein klein wenig, wenn ich einst alt und krank werde – ich habe ihn dem Andern nicht gezeigt, ich hätte ihn auch gar nicht in das Schloß gelassen, wenn nicht ihr mit ihm gewesen wäret,« und bei diesen Worten brach er in ein kindisches Schluchzen aus, und ehe es Heinrich hindern konnte, hatte er sich niedergebückt und dessen rechte Hand geküßt, indem er lallend und bittend sprach: »Seid nur nicht mehr zornig, daß ich euch so ungehorsam war, nun ist ja Bertha längst gestorben – und sehet, ich habe für alles und alles gesorgt und es gehütet, wie mein eigenes Herz.«

Heinrich konnte seine Erschütterung nicht bergen, und wenn der Mann auch wahnwitzig ist, so müßte doch an ihm, den er nie zuvor gesehen, ein Grund vorhanden sein, der eben den Wahnsinn des alten Herzens so sehr aufzuregen im Stande war; jedoch Heinrich vermochte es nicht über sich, zu forschen; denn die Verrückung jener Gesetze, auf deren Dasein im Haupte des andern man mit Zuversicht baut, als des Einzigen, was er untrüglich mit uns gemein hat, – diese Verrückung trägt etwas so unheimliches an sich, daß man sich nicht getraut, das fremdartige Uhrwerk zu berühren, daß es nicht etwa noch grellere Töne gebe, und uns irre an dem eigenen mache. Daher ließ Heinrich zurückhaltend den Alten gewähren, was und wie er wollte, auch war es merkwürdig, daß derselbe nie objective Zeichen und Antworten von Heinrich, als Sixtus oder Julius, oder wofür er ihn hielt, verlangte; sondern sich selber Rede und Antwort gab, weil er durch Wahnsinn oder die Hilflosigkeit des Alters in seine eigene Subjectivität untergesunken war, und nun ihren Bildern außer sich Gestalt und Wesenheit lieh.

Mit haushälterischer Geschäftigkeit führte er ihn von Faß zu Faß, zeigte die Neunziger, die Eilfer, den vom Rhein, die Ausländer, die Spanier, die Portugiesen – er zeigte ihm die Apparate, mit denen er nachfüllte, die Fässer rein halte, die Luft wechsle – – in allem diesen zeigte sich wieder die bewundernswertheste Zweckmäßigkeit, wie überhaupt in Theilen die untadelichste Klarheit war, nur nicht im Ganzen, in der Gegenständlichkeit der Dinge: über diese schwebte und webte der geheimnißvolle Fittig des Irrsinns.

Ob ihm auch Heinrich keine Antwort gab, so wurde er doch immer vergnügter über die Zufriedenheit seines Herrn, und da er ihn durch die wirklich erstaunliche Reihe von Fässern zurückgeführt hatte, näherte er sich vertraulich dem Ohre Heinrichs, und sagte heimlich: »das ist der neue Sindicus der schwarzen Stadt, sagt ihm kein Wort von dem vielen mächtigen Weine; denn sie versiegeln alles, bis Graf Christoph kömmt: aber der ist todt, und im Mohrenlande begraben – auch Steuer und Abgaben gehen immer ein, und werden im Rathhause der schwarzen Stadt aufgehoben. Jetzt aber gehen wir in die Stube, wo sie alle bereits warten.«

»Wird aber nicht Pia Schaden nehmen, wenn wir so lange wegbleiben,« sagte Heinrich versuchsweise.

»Wer!?« entgegnete der Alte mit allen Zeichen des höchsten Erstaunens, indem er seinem jungen Begleiter mit der Laterne ins Gesicht leuchtete. Heinrich fühlte augenblicklich, daß er eben einen falschen Griff in das Uhrwerk gethan habe; denn der Geist des Alten hatte in Jahren geschwebt, wo Pia nicht war; daher wurde er erschreckt über die Frage, und der Geier, der eigentlich an seinem Gehirn fraß, nämlich: das Mißtrauen in sein eignes Inneres und in seine eigene Existenz stand auf, und schlug ihm die düstern Flügel wieder um das Haupt. Er ging hastig den Gang zurück, löschte das Licht aus, verbarg mit größtem Scharfsinn die Laterne, führte Heinrich wieder Trepp auf Trepp ab, Gang aus, Gang ein, und sie standen endlich plötzlich bei Robert, der noch immer an seinem Fenster harrte. Es that dem Auge Heinrichs ordentlich wohl, daß er wieder im Tageslichte war, und durch das, obwohl milchtrübe Glas, das liebe Grün der Bäume herein scheinen sah.

Robert heftete einen festen Blick auf den Greis, weil er ahnte, daß etwas vorgegangen. Dieser aber, wie ein Knabe, der seine Lieblingsgedanken unterdrücken muß, denen er so gerne nachhinge, war ganz vernünftig, oder beherrschte sich, es zu sein. Er mißtraute oder fürchtete Robert; gegen Heinrich jedoch zog es ihn mit kindischer, zutäppischer Liebe, um auszuschütten, was er für das Wichtigste hielt, und was gerade das Aberwitzigste war – und beides, Furcht und Liebe, war die ganze Zeit her unverkennbar sichtlich.

»Herr Sindik, wir haben euch müssen warten lassen,« sagte er, »was wollet ihr denn nun ansehen?«

»Siehst du, die Sonne ist schon ziemlich weit über ihren Mittagsstand hinab,« antwortete Robert, »wir wollen nur noch das Wesentliche ansehen, dann müssen wir fort.«

»So wollen wir die Zimmer anschauen,« sagte der Greis, indem er über einen Vorsaal schritt, aufschloß, und sich anstemmend, die eingerosteten Thürflügel öffnete. Eine Reihe von Zimmern empfing sie mit schwerer, verblichener Pracht; alterthümliche, geschnitzte Geräthe, wunderliche Tapeten, theils noch ganz, theils durch Moder und eigene Schwere zerrissen, Zeltbetten, Putztische, Sesselreihen, alles von altväterischem Prunke, kunstreich, und doch fest gearbeitet, aber bedeckt mit Massen von Staub und Spinnenweben, und ein trübes Licht fiel durch die blinden Scheiben von dem einsamen, funkelnden Tage draußen herein.

Mit den schwermüthigen Gefühlen menschlicher Nichtigkeit und Vergänglichkeit, die uns gerne in Ruinen beschleichen, und mit einer Art düsterer Rückliebe gegen vergangene Geschlechter gingen die Freunde durch diese Stätten versunkenen Glückes und Elendes, und in Heinrichs Herzen regte es sich noch dunkler und tiefer, wenn er dachte, das Blut derer, die hier lebten und litten, habe sich bis auf ihn vererbt, und er sei ein lebendiger Theil dessen, was nun alles da todt und verkommen vor ihm lag.

So hatten sie mehrere Zimmerreihen durchwandelt, einst zu dem verschiedensten Gebrauche bestimmt, von der Oede des Prunksaales an bis zur Heimlichkeit des einstigen Schlafgemaches. Der Alte war ohne viele Theilnahme schweigsam hinter ihnen gewandelt, aber, da sie wieder in einen Vorsaal gelangten, bog er plötzlich und mit Hast um eine Ecke, riß zwei riesengroße Flügel auf – und ein zauberischer Anblick schlug den Freunden entgegen: es war der grüne Saal; denn mit dem feinsten, dunkelsten Serpentin waren die Wände bekleidet, riesengroße Fenster von unten gegen oben zum Theil mit grauer Seide gedeckt, rissen sich gegen den glänzenden Himmel auf, und ihr Glas war glatt und spiegelhaft, als hätte man es in diesem Augenblicke gesetzt – der Grund aber war, weil es der Alte immer putzte. – – Und in der Lichtfluth dieser Fenster stand, in die dunkle Folie des Serpentins gerahmt, eine ganze Reihe der herrlichsten Bilder: es waren sämmtliche Scharnast, Männer, Frauen und Kinder, von Haupt- und Seitenlinien – und wie der erste Blick zeigte, von den besten Meistern gemalt. Man sah selbst Rubens und Van-Dyks Pinsel, die besten Deutschen, und sogar den Spanier Murillo. Heinrich, dessen Herz mit schwärmerischer Liebe an der Kunst hing, war erstaunt, ja er war betäubt über diese Herrlichkeit. – Da funkelte die Sonne, die doch nur als bescheidene Scheibe draußen im Blau stand, in wundervollem Schmelze auf jener Rüstung, jenem Goldgehänge, jenen Vasen und Geschirren, schwer und massenhaft an Metall, als müßte ihre Wucht von dem Bilde niederbrechen – auf jenem Antlitze, auf dem weichen Goldhaar der Frauen, in dem lieblichen Auge, auf dem Munde, der eben nur gesprochen haben muß, auf der Hand, die auf dem Marmortische ruhte, oder den schweren Sammt emporhielt – auf den Gesichtern der Männer, über die, obwohl in tausend Gedanken und Leidenschaften zersplittert, doch dieselbe Familienähnlichkeit vertraulich und gespenstisch hinlief: – von der furchtbaren Körnigkeit jener Menschen in Stahl und Eisen an, bis zu der Pedanterie und sanften Weichheit derer, die in Tressen und im schwarzen Fracke sind.

Robert, der auch den Saal noch nicht gesehen hatte, stand eben so bezaubert, wie Heinrich – Ruprecht im Uebermaße der Befriedigung und des Stolzes stand da, und drückte sein

Gefühl dadurch aus, daß er abenteuerlich, und ungeschickt mit seinen Fingern in dem großen Bunde Schlüsseln, den er trug, suchte und arbeitete und nestelte. Er hatte sein Barett abgenommen, als wäre er in der Kirche.

Nachdem der erste Eindruck dieser Einfachheit und Größe (denn selbst die Bilder waren weitaus über Lebensgröße) in etwas vorüber war, ging man zur Betrachtung der Einzelheiten über. Da hing gleich zu Anfang der alte Hans, ein frommer Herr und Ritter, daneben sein Eheweib Adelgund, ein ächt deutsches Gesicht, wie sie uns so gerne aus den Bildern Albrecht Dürer's ansehen. – Von ihm ab folgte die Reihe eiserner Männer und sittiger Frauen: Bruno und Benno – Brigitta und Irmengard, Wenzel und Mathildis, Kajetan und Agnes, – dann Ubaldus, dann Hermengild die Nonne, Johannes der Kreuzfahrer – – und andere und wieder andere – eine ganze Reihe. Vorzügliche Gemälde waren alle, obwohl sie augenscheinlich viel später gemalt wurden, als die Urbilder lebten, aber wahrscheinlich nach vorhandenen, wenn auch schlechten Originalen, denn dafür sprach der in allen Gesichtern der Männer fortgehende Familienzug. Die Namen standen in großen Goldbuchstaben auf dem dunklen Serpentine unter jedem Bilde. Was Heinrich ganz besonders wohl that, war, daß die Bilder ziemlich tief herab gingen, und von oben beleuchtet wurden, wie es denn überhaupt hervorging, daß der Gründer dieser Anstalt nicht die Bilder des Saales wegen aufgestellt, sondern daß dieser in seiner ungeheuren Größe und einfachen Pracht nur zur Verherrlichung jener dienen sollte. So war auch im ganzen wüsten Zimmer nicht ein einziges Geräthstück, blos an Fenstervorhängen waren die mannigfaltigsten behutsamsten Vorrichtungen, um theils die verschiedensten Lichterspiele auf die Gemälde wirken lassen zu können, theils dieselben vor directer Sonne zu schützen. Und wie sehr Ruprecht mit der Sache vertraut war, und sie liebte, zeigte der Umstand, daß er oft durch unbedeutende gelegentliche Züge an Schnüren oder Federn ganze entfernte Bilderreihen plötzlich in das zarteste Licht legte, da sie vorher in ungünstiger Dämmerung geschwebt hatten.

Von den Frauen war keine einzige unschön, manche voll herrlicher Anmuth, und einige Jungfrauen blendend und untadelig, Töchter des Hauses. – Von den Männern war keiner unbedeutend, viele schön, einige voll Schwärmerei oder Gewalt des Geistes; alle mit einem sonderbaren Zuge von Exaltirtheit, wie mit einem Familienzeichen behaftet: – da war Johannes, der Erbauer der Sphinxe und des Obeliskus – dann Sixtus, der Gründer dieses Baues, und wahrscheinlich auch des grünen Saales, dann Ubaldus, der strenge Krieger – und andere. – – Weit unten von denen saß ein alter Mann mit einem Blicke, als glühte Dichtkunst oder Wahnsinn drinnen: es war Prokopus, der Sterndeuter. Jungfrauen in sanfter Schönheit prangten neben ihm, seine Töchter, und hart daran ein seltsames Paar, zwei Männer: der Eine in reichem Goldkleide widrigen Antlitzes mit furchtbarem, rothem Barte, der Andere im armen grünen Jagdkleide, ein sanftes Bild der größten Jugendschönheit; es waren die Brüder Julianus und Julius, Söhne des Prokopus – – Heinrich erschrack fast; – – denn wenn es wahr ist, worüber fast nicht mehr zu zweifeln; wenn er ein später Sprosse all dieser Männer ist, so war es dieser Jüngling Julius, durch den der Strom in sein fernes abgelegenes Heimatthal abgeleitet wurde, daß er selbst nun heute nach mehr als anderthalb Jahrhunderten, ein verschlagner, unbeachteter, letzter Tropfen desselben, vor der reichen Quelle stehe, aus der er kam – wie seltsam die Schicksale der Menschen und der Geschlechter sind, daß er heute hier stehe, und auf die zarte Stirne, und die großen freundlich lodernden Augen eines Knaben schaue, der sein Ur-Ur-Großvater ist, und den er sich vorher nie anders, denn als uralten, verkommenen

Mann vorstellen konnte – daß er selber nun bestimmt sei, ein altes Geschlecht, das dem Erlöschen nahe war, auf's neue zu gründen und vielleicht in die Jahrhunderte fortzuleiten: dazu war nothwendig, daß dieses Bruderpaar zerfiel. – Sind doch die Bilder auf der Wand schon so verschieden, als müßten sie sich jeden Augenblick von einander wenden. – Daß dieser Jüngling in die weite Welt ging, ein thatenreiches Leben führte, als ruhiger und weiser Greis in ein Waldthal kam, dort unvergeßlich segensreich wirkte, und zuletzt sein liebstes Kleinod, seine Tochter Margarita, an einen unbeachteten Mann hingab, blos weil er ihn für vortrefflich hielt, und das Paar sich in Liebe begehrte – das alles mußte geschehen, daß der heutige Tag würde – nein es mußte noch viel mehr geschehen: – – Heinrich mußte das verlorne lederne Buch seines Ahnherrn des Doctors finden, darinnen von dem sanftmüthigen Obrist und seiner Tochter Margarita lesen, daß er wisse, daß er von den Scharnasts abstamme – ja noch viel mehr; Gott mußte in ihm den abenteuerlichen Hang entzünden, Steine von den Felsen zu schlagen und Blumen zu sammeln, daß er eines Tages von der marmorreichen Fichtau höre, eiligst dahin gehe, Stufen und Erze suche, aber diesen Berg finde und das ganze todte Geschlecht seiner Väter, in deren Mitte er nun steht, der einzig Athmende und Lebende in der ganzen starren Reihe, der einzig Uebrige, um fortzuführen, was sie mit so viel Phantasie und Glut und Leidenschaft auf diesem Berge begonnen. Heinrich schwor es sich in diesem Augenblicke, aus dem Berge und der ganzen Fichtau ein Paradies zu machen.

Indeß blickte dasselbe Schwärmerauge des Prokopus aus dem Bilde, dieselben guten, sanften Blicke der Jungfrauen, und dieselben ungleichen Mienen der feindlichen Brüder – Robert, der seines Freundes Gedanken errathen mochte, stand ernst und in sich gekehrt, und der Greis Ruprecht blickte so gleichgiltig und blöde auf alles, als wisse und ahne er gar nicht den Zusammenhang dieses Bildes und seines jungen Gastes. In der That hatte auch Roberts Auge nicht die geringste Aehnlichkeit zwischen Julius und Heinrich entdecken können.

Man ging weiter.

Julianus war der letzte im Harnisch gewesen, aber auch dieser, ein leichtes vergoldetes Ding, war mehr Spielzeug, als Waffe. Nach ihm begannen die kleinen Degen und die Bordenkleider und Reifröcke, und merkwürdig – war es nun der widersinnige Kleiderschwulst jener Zeit, war es der erquickungslose Geist des vorigen Jahrhunderts, der mit seinem fahlen Fittige auch diesen entlegnen Berg überschattete – die bisherige Reihe bedeutungsvoller Köpfe brach hier ab, und es folgten einige von vollendeter Nichtigkeit, ein Gebäude von Borden und Locken und Angesichter voll Ceremonie und Leerheit. Erst gegen das Ende, bevor der ganze Bilderreigen überhaupt abbrach, gleichsam wie der letzte Glanzblitz einer erlöschenden Flamme, saß noch eine Gruppe, welche Auge und Ahnungsvermögen jedes Beschauers an sich riß; für unsere Freunde aber durch die aberwitzige Vermittelung des alten Mannes wahrhaft erschütternd wurde.

Die pedantische Zeit der Borden und Zöpfe hörte plötzlich bei einem Manne auf, der in ganz fremder Kleidung da saß, in einer Kleidung, die gar keinem Jahrhunderte der Geschichte angehörte; einer Gattung weitfaltigen, rabenschwarzen Mantels mit rother Seide ausgeschlagen – ein Kopf voll Schönheit und Bedeutung sah ernst, und doch sanft schwärmend daraus nieder: »Jodokus« stand darunter. Die Männer sahen ihn neugierig an, den Menschen, von dem so abersinnige Gerüchte umgingen, und der doch so ruhig und gelassen-thatfähig aus dem Bilde sah, wie man es etwa von einem Epaminondas erwarten würde.

Auf einmal ertönte hinter ihnen eintönig, als ob er mit

sich selber kämpfte, die Stimme Ruprechts, welcher sagte: »Er hat selbst den himmelblauen Vorhang im Testamente so verordnet, wie er ist, und daß er nur gehoben werde, wenn dringender Grund ist, das Bild zu sehen.«

Die Freunde blickten auf, und wirklich bemerkten sie, was sie im Augenblicke vorher nicht beachtet hatten, daß das Gemälde neben Jodokus mit blauer Seide verhängt war.

»Nun ist es dringender Grund,« sagte Robert lächelnd, »enthülle das Ding.«

Aber der Alte achtete nicht auf die Rede dieses, sondern mit einem düstern, verzagten Seitenblicke Heinrich streifend, der es nicht sah, sondern unbefangen da stand, sagte er: »ja, ja, es ist dringender Grund – ein dringenderer kann gar nicht sein; aber, Graf Sixtus, ich warne euch – ihr werdet euch entsetzen.«

Dann zog er an einer seidenen Schnur; der Vorhang rollte sich von selber empor, klappte in eine Feder, blieb stehen – und der alte Mann trat weit in den Saal zurück, als wäre er von tiefster Erschütterung ergriffen – – und ein weibliches Antlitz – nein, es war eine Sonne; denn es wurde ja lichter in dem Saale, als der Vorhang aufging – – nein, Schönheit kann man da nicht sagen; dieses Antlitz wäre dadurch entweiht – man hat Schönheit oft, vielleicht reiner, aber nicht so gesehen: es war ein Kind in sanfter Trauer, nein, es war ein glühend Weib, das lichte Antlitz über dem schwarzen Seidenkleide haltend, wie eine Blume über dunklen Blättern, die Züge wildfremd, aber unsäglich prächtig, ihre Gestalt war klein, wenn ja überhaupt groß und klein dort anwendbar ist, wo völliges Ebenmaaß herrscht, ja sie war fast kinderhaft zart, und doch wohnte ihr eine Gewalt inne, als könnte sie Diamanten schmelzen, oder als wären ihre Augen selber flüssige Diamanten, die da verwundert und fremd herumblicken; die weiße kleine Hand lag auf Marmor und spiegelte sich drinnen – so saß sie da, hilflos, wie ein

Wunderwerk fremder Zonen, das in unser Winterland verpflanzet wurde. Zu ihren Füßen schmiegte sich ein Goldfasan.

Unten im Serpentine stand: »Chelion.«

Die zwei Männer ließen selbstvergessen ihre Augen auf dem Schmelze des Bildes haften; aber der greise Castellan blickte mit Verzückung nach dem Gemälde, und klapperte mit den Zähnen, – die Freunde sahen erschrocken um, und da sahen sie, wie sich sein Antlitz in der Macht seiner Krankheit abarbeitete, und durch die steingrauen Falten zuweilen dasselbe Roth zitterte, wie sie es heute schon einmal bei einer mächtigen Erregung an ihm gesehen hatten, wo es ihm einen Moment vorschwebte, daß er wahnsinnig sei, und daß sein Haupt Gestalten herbeschwor, die doch nicht da sind – und so mochte er auch jetzt kämpfen mit halbem Bewußtsein, wie einer, der im Fieber liegt, und sich fruchtlos gegen das Anfangen des Deliriums wehrt – aber plötzlich ging er, der bisher viele Schritte hinter ihnen im Saale gestanden war, eilfertig näher, warf den dürren Arm empor, daß er weit aus dem Aermel des alten abgetragenen Rockes herausragte, und daß die Schlüssel in seiner Hand rasselten – dann rief er mit vor Uebermaß des Wahnsinns funkelnden Augen: »Ja das ist entsetzlich, das ist ein Unglück, wie sie schön ist, wie sie über alle Beschreibung schön ist – – ich bitt' euch, wahrt eure Seele, Sixtus, auf den Knieen bitt' ich euch, wahret euch vor Versuchung; denn die Hölle hängt nur an einem Haare – – alles ist gut abgegangen – er hat sie lieb gehabt, wie der Adler sein Junges fort und fort, aber da war sie weiß, ehe sie gestorben ist, so weiß war sie, wie die Lilien, die unten im Sumpfe wachsen, und die bleichen Häupter auf das schwarze Wasser legen – – und mich hat er oft angeschaut mit den glänzenden Augen – und da er schon den langen, weißen Bart hatte, hat er mich angeschaut mit den schwarzen Augen, wie Nachts die Eule blicket: – aber ich habe die Zähne meines Mundes zusammengeschlossen wie Eisen, und kein Wort gesagt, – und dann hat er mich auch wieder lieb gehabt, und da er unten am Häuschen saß, und die Sonne schien, da hat er meine Hand genommen, und sie gestreichelt, und gesagt: »lieber Ruprecht, lieber Ruprecht«; denn seht (hiebei neigte sich der Greis gegen Heinrichs Ohr, und flüsterte mit bedeutsamem Lächeln) er war seine letzten Tage blöd- und wahnsinnig.«

Die zwei Männer schauderte es, und Heinrich trat einige Schritte weg, aber der wahnwitzige Castellan, mitten im Reiche seiner Todten schwebend fuhr fantastisch fort: »Er hätte euch über den Stein hinabgestürzt, ihr seid aber auch viel schöner, als er, gewesen – und ich sah ihn stehen bei Prokopus Thurme, es war Nacht, und sein schwarzer Mantel war so finster, wie die Wolken, die da draußen wehten und Blitze zogen, und es war eine so heiße Nacht, aber es wurde Morgen und klar, ihr waret fort – und es kamen so schwere, so schwere Zeiten, sie war so weiß, wie eine Lilie, und noch kleiner, als sonst immer, und alle sind gestorben, die arme Chelion starb, mein Weib Bertha starb, ihr starbet, und wie er das Schloß angezündet, und unten im Häuschen auch todt lag, lange, gestreckt, den weißen Bart, wie ein zerfetztes Banner haltend, da kam der arme Christoph, seht ihr ihn daneben, aber er ist auch todt, und Narcissa – und alle sind todt – – ...«

Unwillkürlich sahen die Freunde auf das Nebenbild der Chelion, und wirklich stand ein junger Mann darauf, ihr vollendetes Abbild – wie sie, wunderbar und verführerisch schön, aber mit trüben, schwermuthsvollen Blicken; es war Christoph, ihr Sohn, der letzte Besitzer dieses Berges.

Zu einer andern Zeit und in anderer Lage würden sie lange vor diesen merkwürdigen Bildern und Naturspielen gestanden sein, aber in diesem Momente war es ihnen nicht möglich; denn der alte Mann neben ihnen war von einer so furchtbaren Erregung gefaßt, daß er bei seinen letzten Worten in ein convulsivisches Weinen ausbrach, die Hände vor das Gesicht schlug, und die überreichlichen Tropfen zwischen den dürren, faltigen Fingern hervorquellen ließ, so daß sein ganzer Riesenbau vor Schmerz zitterte, wie die See schwankt, wenn ein ferner Sturm tobt. Das Herz der Freunde that einen Blick in die Schlucht einer verworrenen, vielleicht grausenhaften That – sie konnten nicht forschen, und wollten es nicht; denn bereits funkelte der Wahnsinn, wie ein düstres Nordlicht, an allen Punkten des unglücklichen Wesens vor ihnen, und sie mochten ihn nicht steigern, daß er nicht etwa überschlage, und dem übergroßen, wenn auch uralten Körper Riesenkräfte gebe, und zu Entsetzlichem treibe – auch hat das Menschenherz eine natürliche Scheu, den dunkeln Spuren eines Andern nachzugehen, auf denen es zu Schuld und Unglück wandelte. Deßhalb, gleichsam wie durch Verabredung, schwiegen sie beide tief und ernst, selbst gegen einander, und blickten nur noch trübe auf die beiden Bilder: Mutter und Sohn. Chelion war schön, wie ein reiner Engel, und Christoph war es, wie ein gefallener. Neben ihm war kein Bild mehr, sondern die lange Reihe leerer Nischen für alle noch Ungebornen, als hätte der Gründer auf eine Ewigkeit seines Geschlechtes gerechnet – aber nein, nicht alle waren leer; denn, als sich die Freunde, denen die Luft des Saales bereits drückend wurde, zum Gehen wandten, und in dieser Absicht umkehrten und gegen Ruprecht schritten, so ließ dieser die Hände plötzlich von seinem Gesichte fallen, sprang vor, und ergriff Heinrich am Arme, daß dieser heftig erschrack, sich seitwärts drehte, und dem Greise in's Antlitz sah: aber in demselben war keine Spur einer Gewaltthätigkeit, sondern es glich vielmehr dem eines Kindes, dem man plötzlich die Thränen abschreckte, nur daß sie nicht so lieblich stockten, wie in dem Gesichte des erschrockenen Kindes, sondern hart und schwer, wie gefrorne Tropfen in dem weißen Reife seines Bartes hingen – rathloses Erstaunen und Befremden malte sich in seinen Zügen: »Aber, wie seid ihr denn?« rief er, »wozu habe ich euch denn hergeführt, oder weßhalb seid ihr denn zurückgekehrt? wozu habe ich denn die Geduld gehabt, als ihr immer auf dem andern Berge herumginget, als weil ich auf die Freude harrte, euch zu zeigen, was ich that, und was euch freuen wird. Alle sind sie da, alle, die da lebten und athmeten auf dem rothen Steine – nur Einer war verworfen – aber er soll es nicht sein; denn seht nur, schon während seinem Leben noch standet ihr da, aber er wußte es nicht, er ging hinüber, und wußte es nicht. – – Wartet nur, ich will zuerst den blauen Vorhang herablassen, weil er nicht offen stehen bleiben darf....«

Diese letzten Worte hatte er beschwichtigend und vertraulich gesagt, und dann lief er gegen Chelions Bild: »Hüll' dich ein, hüll' dich ein,« sagte er murmelnd, »du schöne Sünde, hüll' dich ein, du Apfel des Paradieses« – – und er zog wieder an der Schnur, und freiwillig, wie hinauf, rollte sich auch der Vorhang wieder herunter, Stück um Stück den Schimmer deckend, bis nichts mehr sichtbar war, und wieder die unschuldige Seide matt glänzend und straff auf dem geheimnißvollen Bilde stand. Dann aber von der vorigen grausen Erschütterung plötzlich zu unheimlicher, vielleicht eben so grauser Freude übergehend, sprang der Greis zu der Nische neben Christoph, drückte gegen eine Feder, und der Serpentin sprang los, und in das Krachen mischte sich das triumphirende Kichern und Lachen des Greises. Der Stein war nur auf eine Kupfertafel gemalt, und noch ein Bild wurde sichtbar, ein Männerbild, »Sixtus der Zweite« stand darunter. – – Heinrich war weniger, weil er sich selbst nicht so kannte, aber Robert im höchsten Grade betroffen; denn das Bild stellte eines jener Naturwunder dar, und erklärte wenigstens e i n e s der Räthsel; es war nämlich bis zum Un-

unterscheidlichen Zug für Zug Heinrich, der auf der bemalten Leinwand stand, nur in abenteuerlicher, fremdartiger Kleidung. Heinrich fühlte es auch augenblicklich, nur nicht so, wie Robert, weil er nicht vergleichen konnte. Beide aber waren sehr erschüttert, theils, weil es nun über allen Zweifel klar war, daß Heinrich Einer dieses Geschlechtes sei, theils weil uns jedes unerklärliche Wirken der Naturgesetze mit einer Art Schauer erfüllet.

Es geschieht oft in Familien, daß nach einiger Unterbrechung sich bis zum Erschrecken dieselbe Bildung wiederholt, worauf dann wieder, vielleicht ewige Unterbrechung folgt. So mußte es auch hier sein. Schon bei Julius und Julianus hatte sich die Linie gespaltet, und da stehen sich nun zwei Gestalten aus Nebenlinien gegenüber, die so vollkommen identisch sind, daß sie auch in dem Haupte des Greises, trotz der großen Verschiedenheit der Zeit, in der sie lebten, in eine zusammenfloßen, und er den jungen Mann vor sich zu seinem Jugendgenossen machte, zum Theilnehmer seiner Thaten, vergessend, daß er sich selber ja schon mehr an das hundertste Jahr hingelebt hatte, und lange, lange schon eine andere Zeit über seinen Berg heraufgegangen war, und daß schon andere Geschlechter über den Gräbern derer wandelten, mit denen er immer noch in seinem Wahne leiblich und wahrhaftig umging.

»Lasse ihn in seiner Ahnung,« sagte Robert, »es dürfte unmöglich sein, und eher sein Gehirn zersprengen, ehe wir ihm begreiflich machten, daß du nicht Sixtus seiest.«

Auch hatte den Greis das unverhohlene Erstaunen, das die zwei Männer in Mienen und Worten zeigten, in das größte Entzücken versetzt; und was zur Vollendung der Täuschung noch fehlte, das setzte er selber gutmüthig und blödsinnig dazu.

»Ich habe euch nach dem kleinen Bilde machen lassen,« sagte er, »das so nett und rund im Deckel eures Reisekästchens war, – ihr müsset den Mann belohnen, er hat euch sehr geliebt. – Des ganzen, langen Tages Länge, saß er oben über die sinkende Stiege hinauf, wo Pia das Kind hinauflief, im Julianusschlosse, und malte an dem Conterfei; und ich brachte ihm Essen, und viele Wochen vergingen, ehe ihr so herrlich wurdet – der arme, alte Mann; ich mußte ihn immer beinahe die Treppe hinauftragen – – Gott lohne es, sagte er, Ruprecht, wenn ihr alt werdet. – – Ihr müßt ihm lohnen; er hat noch keinen Heller für das Bild, und sein Alter ist darbend und verachtet.«

»Der ist wohl schon im Lande jenseits aller Heller und Millionen,« sagte Heinrich, »wenn er damals schon alt war, und die Schuld mag seinem Enkel oder Urenkel zu Gute kommen, wenn einer zu finden ist.«

»Und nun,« fuhr der Castellan mit Feuer fort, »muß das falsche Kupfer fort; wir werden euch neben Jodock und Chelion setzen, weil ihr früher seid, als Christoph, und dieser muß auf euren Platz herunter. – Fürchtet euch nicht, Graf Sixtus, der andere ist schon gestorben – er ist alt, sehr alt gewesen, und hat einen langen weißen Bart gehabt; und, »lieber Ruprecht,« hat er gesagt, wenn er auf der Bank des kleinen Häuschens saß – und Christoph ist auch todt. – Narcissa darf nicht in den grünen Saal; sie ist aber auch nicht fertig. Er war ein barscher Mann, ihr Conterfeier, und ging fort, als Christoph todt war – und ihr aber, Erlaucht, kommt nun, und bringet Diener und Leute auf den Berg, daß es wieder lebe und wimmle, und eine Nachkommenschaft werde, den ganzen Saal zu bemalen und die ganze Zukunft zu erfüllen, bis zum jüngsten Tage, und, flüsterte er heimlich, ich werde, ich werde Bertha freien.«

Heinrich sah ihn wehmüthig an, diese eingesunkene, starrende Ruine, trübselig von der Sonne eingebildeter Freude beschienen – er mochte ihm nichts zerstören, sondern er legte ihm die Hände auf die Schultern, und sagte gerührt –

es war ihm selbst, als sei es wahr: »Ich danke dir recht herzlich, und tausendmal für alles, was du hier für mich gethan hast, Ruprecht; ich werde für dich sorgen alle deine künftigen Tage.« Und ein Zucken und allerlei Bewegungen und Regungen liefen emsig durch die Falten des verfallenen Angesichtes des Greises, Zeugen der Schwäche und der kindischen, inneren Empfindsamkeit des Alters. Er beugte sich mehrmal, und beugte sich tief, bald nach dieser Seite und bald nach jener – es wäre lächerlich gewesen, wäre es nicht schauerlich erschienen. Dann aber schloß er mit allen Zeichen der höchsten Befriedigung, und mit einer gewissen Würde in seiner Gestalt den Kupferdeckel des Bildes, und führte sie aus dem Saale.

Das Gehirn der Freunde war schon beschwert und unruhig durch die vielen seltsamen und widerstrebenden Eindrücke, die sie bereits erfahren; daher schenkten sie dem, was unmittelbar kam, wenig Aufmerksamkeit. Sie gingen noch durch mehrere Abtheilungen des Sixtusbaues. An den grünen Saal stieß ein rother, gefüllt mit den tausenderlei Arbeiten der Frauen des Rothensteines, namentlich mit einer Unzahl Spielereien der Nonnen. Sonst möchte es nicht ohne Interesse sein, diese Zeugen so vieler vorübergegangener glücklicher oder darbender Herzen zu betrachten – aber die zwei Männer eilten vorüber. Ehe sie den Bau verließen, führte sie ihr Weg noch durch ein seltsames Gemach, es war ein Malersaal, die Staffelei stand noch da, selbst ein Bild darauf mit einem Rahmen, auf dem künstlicher Serpentin gemalt war; die Fenstervorhänge waren niedergelassen bis auf einen, um das Licht auf das Bild zu concentriren; schwere, schön geordnete, grünseidne Draperieen hingen an der Marmorwand nieder, um auf das Bild gemalt zu werden, aber ihre Falten lagen voll dichten alten Staubes, und waren auf dem Bilde erst untermalt, und gerade bei ihnen hatte der Künstler abgebrochen, und alles stehen gelassen, daß alles eingetrocknet und bestaubt war. Doch die Figur war fast vollendet, Heinrich wischte mit seinem Tuche den Staub von ihrem Haupte, und ein schönes, schlankes Weib, wie eine Narcisse, sah demüthig und selig aus der Fülle der schönsten, blonden Locken heraus.

»Geht vorüber, geht nur eilends vorüber,« sagte der Greis, »ich bitt' euch inständig, geht vorüber – es ist nur mein armes Kind – ich habe ohnedem schon um sie geweint. – Sie sollte einst in den grünen Saal kommen, wie euch schon der gemalte Stein um ihr Bild andeutet, aber es konnte nicht mehr sein; sie starb, ehe der grüne Vorhang fertig wurde, und er wurde erschlagen im Lande der Heiden – dann ging auch der Maler davon. – Er wollte erst das Bildniß mitnehmen, ich aber sagte, ich würde ihn erstechen, wenn er's thäte – dann ging er, und kam nicht wieder – ich bitte euch, geht, und laßt sie stehen, wie sie steht. Alles nicht zu Ende, alles falsch, ihre Ehre und Erhebung falsch, wie der Stein, den sie um ihr Bildniß malten. – – Es hat sich viel geändert, als ihr fort waret: Graf Jodok hat seinen Sohn Christoph verfluchet, und dieser ist nicht gekommen, bis der Vater todt war, und dann kam er, und war wie eine scheue Amsel auf dem Berge, und gesellte sich zur schlanken Ammer, die immer erschrocken das Köpfchen warf – – Aber sie beide waren so schön, wie gar nichts auf Erden, und lauter Friede und Heimlichkeit war auf dem Berge. – – Laßt sie ruhen – laßt sie ruhen – hier ist das Thor, das in den Garten führt.«

Und fast hastig sperrte er auf, und war sichtlich erleichtert, als die Freunde hinausgetreten waren; denn mit Kraft und Schnelle drehte er dreimal den Schlüssel im großen Schlosse, und schlug noch mit der Faust auf das eiserne Thor, recht freudig, daß es einmal zu sei. Aber auch die Männer waren erleichtert, als der düstre, schwarze Bau gleichsam hinter ihren Rücken zurückwich, und die helle, grüne Landschaft glänzend in der Nachmittagsonne vor ihnen lag, und sich die Fluth des lieben vertrauten Sonnenlichtes wieder um sie ergoß. Es war ein reicher, lieber Garten, durch den sie gingen, voll der sanftesten Sträuche und Bäume nebst Resten verkommener, ausländischer Gewächse. Mitten in dem Garten stand ein großer, weißer Würfel aus dem feinsten Marmor, auf welchem die Worte: »Jodokus und Chelion« standen. Dann gelangten sie auch in den griechischen Säulenbau des Jodok, das sogenannte Parthenon: die Säulen standen hoch und prächtig in die Lüfte, und Gemächer und Corridore liefen; aber die Keuschheit des Marmors war häßlich von Rauch und Flamme geschwärzt, und verödet – eine Schicht unreiner Ziegel lag zwischen den beschmutzten Säulen, und schändete die edle Leiche des Gebäudes. Von dem Parthenon gingen sie durch Obstgärten und einen abgestorbenen Fichtenhain empor zum Thurme des Sterndeuters Prokopus. Er war leer, nur daß noch Reste von Postamenten zu astronomischen Geräthen herumstanden: aber eine riesenhafte Aeolsharfe war von dem Steinboden bis zu seinem Gipfel gespannt, und ihre Saiten wogten leise und tief und zart im Hauche der leichten Luft, als die Freunde eben davor standen, gleichsam als redete sie jetzt freundlich zu ihnen, während sie öfter unter Tags einen lauten, langen Ruf über die Berge gethan.

Mit dem Thurme des Prokopus war die andere Seite des Schloßberges erreicht, und sie begannen endlich den Rückweg, und zwar auf einer andern Seite, als sie heraufgekommen. Sie trafen hier, ehe sie zu den Sphinxen kamen, die Wohnung des Castellans, wo sie noch einmal das Kind Pia sahen, wie es mitten in Ringelblumen und anderer verwahrloseter Gartenwildniß schlief. – Ein steinaltes Mütterchen, wahrscheinlich die Magd Ruprechts, saß bei ihr und wehrte die Fliegen, auch der Hund saß nebenan und betrachtete klug die Gruppe.

Ruprecht, der den ganzen Weg vom Berge herab, wie ein Lamm hinter den Männern gegangen war, lud sie gar nicht hinein, sondern ging zur Ringmauer voraus, schloß ohne Zeichen von Antheil die Drehpforte auf, und ließ glanzlos, als wisse er durchaus nicht, was er thue, seine blauen Augen auf den Freunden haften, da sie durch die Pforte schritten, und ihm Lebewohl sagten. Er gab auch keine Antwort – nur das Thor hörten sie hinter sich knarren, und den Schlüssel rasseln. – Wahrscheinlich war auf die große Erregung des Alten die entsprechende Erschlaffung gefolgt.

Sie aber gingen mit allerlei Gefühlen die Fichtenallee hindurch, die wieder freundlich seufzte, wie, als sie heraufgegangen waren, gelangten den Berg hinab, und sahen unten in dichtem Gebüsche das Häuschen des Grafen Jodok stehen und das steinerne Bänkchen davor, auf dem er seine letzten Tage gesessen. Bald darauf erreichten sie das Dorf, wo ihr Wagen und ein Mahl ihrer harrte. Der Dinge voll, die sie gesehen und gehört, redeten sie lange und innig darüber, bis die Kühle des Abends kam. Dann saßen sie ein, und fuhren rasch den Rückweg nach Prüglitz zu. Oefter, wenn es die Berge zuließen, sahen sie noch auf die alte Burg zurück, und spät als schon längst die Sonne untergegangen, und sie eben um den Winkel in das Hauptthal der Pernitz einbogen, und von Heinrichs künftiger Wirthschaft redeten, riß noch einmal ein grüner Hügel auseinander, und ließ den verlassenen Zauberberg durchblicken, wie er fahl, gleich einem Lufthauche, weit draußen in der mattdämmerigen Nachtluft hing – dann schloß sich das Thor. Sie flogen um die Ecke, das weite Pernitzthal mit seinen dunkeln Bergen nahm sie auf, und sie rollten lustig den breiten Weg an dem rauschenden, bekannten Wasser entlang. Erst nach Mitternacht wurden sie von der lieben, klaren, freundlichen Thrine empfangen.

3.

Der rothe Stein.

Mehrere Jahre waren vergangen. Ein junger kräftiger Mann saß in einem düstern, weiten Gewölbe, von dessen Decke eine goldene Ampel hing, aber die Ampel brannte nicht; sondern er hatte an der Decke die eisernen Lehnen geöffnet, und durch die kleinen Fenster spannen sanfte Lichtbäche herein, und beschienen die ernsten eisernen Kästen, die zahlreich längs der Wand liefen. Einige standen offen, und in jedem lag eine Pergamentrolle. Der Mann, sonst ein Sohn der freien Luft, wie das tiefe Braun seiner Wangen zeigte, saß aber heute, wie in einer Gruft auf einem hochlehnigen Stuhle uralter Arbeit, und war tief in sich gekehrt und sann. Dann aber neigte er sein Haupt sachte vorwärts gegen den Steintisch, schlug ein Blatt des Heftes um, und las weiter:

»Und ich kann euch keinen Dank haben, Ubald und Johannes und Prokopus und Julian.... und wie ihr heißet; denn der Dämon der Thaten steht jederzeit in einer neuen Gestalt vor uns, und wir erkennen ihn nicht, daß es einer sei, der auch schon euch erschienen war. Jeder Mensch ist ein neuer, und was er fühlt und thut, ist ihm zum erstenmale auf der Welt: ein entzückend Wunderwerk, das nie war und nie mehr sein wird – aber wenn er vorüber ist, legen es die Söhne zu dem andern Trödel der Jahrtausende, und es ist eben auch nichts, als ein Stück dieses Trödels. Wenn ein später Nachkömmling dieses Geschlechtes einmal diese Buchstaben liest, und wenn er unsere Sprache noch versteht: was wird ihm von mir übrig sein? – Ein geschriebenes Schattenwesen mit zwei, drei trockenen Thaten, die ihm unnütz sind, und doch war's ein Ocean von Leben, in dem dies Schattenwesen schwamm; ein Herz war es, ohnmächtig staunend vor seiner eigenen Pracht und Fülle. Sein ganzes Universum warf Gott an dieses Herz, daß es erdrückt würde vor Erstaunen, aber es wurde nicht erdrückt; denn es nahm das Universum auf, und das andere, was um dieses Universum ist, und dann noch ein anderes, und immer mehr.... es flog durch den leeren Raum, der um das Universum liegt, – es flog immer fort.... und dürstete noch. – – Ich verlangte die ganze Erde, alle Sterne, diese andern tausendmal größern Erden, ich verlangte die Liebe aller Menschen, der lebenden und der vergangenen, ja die der künftigen auch noch, ich verlangte die Liebe Gottes und aller seiner Engel, um es nur zu sättigen, dieses Herz – ich war der Mittelpunkt des All, der Schlußstein des millionenjährig bisher Geschehenen, so wie du es auch sein wirst, mein einstiger tausendjährig später Sohn, und dein Sohn nach wieder tausend Jahren wird es ebenfalls sein – – aber da rollt die Welt um eine Axe, sie rollt auch gerade aus fort in's Ungeheure, und alle Menschenherzen mit, und alles geht fort, fort.... fort.... immer, immer!! wohin? – wir wissen es nicht; aber rollen muß das ungeheure, das unenthüllbare, das unerbittliche Schicksal, das wissen wir, und millionenmal Millionen haben mitgearbeitet, daß es fort rolle, und sie vergingen, sie wurden weggelöscht, sie wurden ausgetilgt aus dem Gedächtnisse der Jahrtausende – – und es ist gut so, daß es geschah; es ist eine entsetzliche, eine aberwitzige Lüge, wenn Trümmer und Reste eines Menschenlebens übrig bleiben, daß man sein gedenke, daß man sich einbilde, es bestehe noch etwas von ihm, und daß man eine erbärmliche Liebe an diesen Lappen fortfriste. – Was Bilder, was Monumente, was Geschichte, was Kleid und Wohnung und jede unmittelbare Spur des Dahingegangnen – wenn das Einzigste und das Allste, sein Herz dahin ist!! – – Ich bitt' euch, werfet alles nach, helft tilgen jedes Gräschen, das sein Fuß berührte, damit die Welt wieder jungfräulich sei, und nicht getrübt und beschmutzt von dem nachziehenden Afterleben eines Gestorbenen – und daß nicht Andere kommen, und gedankenlos zu Alltagskram zerschneiden, was einst an seinem Herzen lag, und nun mit Schmerzen an dem euern liegt; gebt es lieber dem reinen, dem goldenen, verzehrenden Feuer, daß nichts bleibe als die blaue Luft, die er geathmet, die wir athmen, Billionen vor uns geathmet, und die doch so unverwundet und glänzend über dir steht, als wäre sie eben gemacht, und du thätest den ersten, frischen, erquickenden Zug daraus. Dann aber schlage die Hände einen Augenblick vor deine Augen, weine, so tief du willst, und wirf dann auch sein Andenken aus deinem Herzen, springe auf und greife zu an der Speiche, und hilf, daß es rolle, und rolle...., bis auch du nicht mehr bist, andere dich vergaßen, und auch ihr Theil sich abquälen, daß das Schicksal rolle – –.... und so weiter, und so weiter.

Der alte, todte Hans, unser Ahnherr that in seiner Einfalt und Meinung etwas Gutes, aber mir däucht es beinahe frevelhaft. Da liegen sie um mich Alle, die auf diesem Berge lebten; in dem grünen Saale stehen ihre Bilder, die starren, fratzenhaften Lügen ihres Daseins; in diesen Rollen stehen ihre Seelen aufgeschrieben, wie es jeder vermochte, in einfältiger, unbeholfener, rührender Kürze, oder in Geziertheit, oder in Tugend und Thorheit, oder in Wahnsinn und Schmerzen – – und manches steht im Pergamente, was der Verfasser nicht ahnte, daß es darinnen stehe. Mit dem geheimsten Herzblute mußte er wider Willen das Blatt färben, daß der Nachkomme wisse, wer er war. – – Es ist eine schauderhaft durcheinander redende und erzählende Gesellschaft, die da in diesen stummen Rollen um mich herumliegt. – – Ihr armen Schläfer, euer Ahnherr hat euch die größte Wohlthat der Schöpfung entzogen: ihr könnt nicht sterben, und müßt eure Thaten vor jedem noch so späten Ankömmling gleichsam immer wieder auf's neue thun; sie seien nun groß oder klein, diese Thaten, genug, euch waren sie das Leben, und verzehrten eben dieses Leben. Wenn es dein Gewissen, später Enkel, zuläßt, daß du gegen deinen Eid handelst, so verbrenne alle diese Rollen, und sprenge das Gewölbe in die Luft, daß sie bestattet werden, diese Scheintodten: ich thät' es selber, aber mich schauderts vor meinem Eide. Kannst es auch du nicht thun, so lese alles, aber vergesse es augenblicklich, daß all ihr Thun sich nicht in dein Leben mische, und es trübe, sondern daß du es rein und anfangsfähig aus der Hand des Schöpfers nehmest; denn siehe, mir ist gerade aus diesem Pergamente der Engel meiner entsetzlichsten That entgegengetreten, weil ich meiden wollte, was diese andern fehlten.

Meinem Eide getreu, den ich so leicht und freudig schwor, und nun so schwer halte, möge noch der Rest meines Lebensblutes, und zwar der heißeste, auf diese Blätter fließen, aber du, einstiger Sohn und Leser, achte nicht darauf, und wenn du die eiserne Thür dieses Gewölbes zuschlägst, lasse alles Gelesene hinter dir, damit du keinen Hauch, kein Atom desselben zu den Deinen nach Hause trägst, zu deinen Kindern, zu deinem schönen, unschuldigen Weibe.

Es war das Land Indien, wo mir der Engel meiner schwersten That erschien – unter dunklem Schatten fremder Bäume war es, an einem Flusse, der so klar floß, als walle nur dichtere Luft längs der glänzenden Kiesel. – Das Schlechteste und Verachtetste, was die Menschheit hat, war dieser Engel, die Tochter eines Paria, aber schön war sie, über jeden Ausdruck schön, den eine Sprache ersinnen mag, und über jedes Bild, das in Jahrtausenden einmal in eine wallende Phantasie kömmt. – – In jenen Pergamentrollen hatte ich gelernt, wie alles, alles nichtig und eitel sei, worauf Menschen ihr Leben und Glück setzen, wie eigentlich recht alles nichts war, was alle meine Ahnen thaten. – Ich hatte bereits einen großen Lebenskreis gemacht, ehe ich zu lesen begann; ich hatte den Ruhm des Krieges genossen, dies eckle, blutige Getränke; ich hatte die Kunst um ihren Inhalt gefragt, dies dürftige Surrogat des warmen, durstenden Herzens; ich ging durch die Wissenschaften, diese Spielmarken und Rechenpfennige der großen Schöpfung – ich fragte die Freundschaft und Liebe, aber sie waren Eigennutz und Sinnlichkeit. – – Um jene Zeit fiel dieses Schloß an mich, und ich mußte die Rollen lesen, aber sie machten mich nicht weiser, nur noch verwirrter; – ich verachtete und verfluchte unsere Civilisation, dieses Modergraben nach materiellem, rohem Trug unsres Fleisches; – ich verachtete unsäglich diese Menschlein, die ihr Leben und Herz an einen Stuhl hängen, an gewirkte Lappen, an rollende Wägen, und an Kram, den sie ausbreiten, daß Andere Neid empfinden mögen, und sie armselige Befriedigung.... Ich wollte das Weltmeer umarmen, ich wollte die riesenhaften, unschuldigen Pflanzen Gottes in fremden Zonen sehen; die Natur, die keusche Tochter Gottes, wollte ich anblicken in der Gestalt, ehe die Menschen mit ihr buhlen und sie schänden; – darum ging ich nach dem Himalaia und Kaschemir. Dort lernte ich die Hindusprache, und sah das Bramanenleben, ein anderes, als unsers, d.h. nur anders thöricht – und dort ging auch die Paria zwischen Riesenpalmen nach dem Flusse, um Wasser für den Vater zu schöpfen. Sie hat, seit sie lebte, sonst nichts gethan, als durch die Palmen zu gehen, um Wasser zu holen, und für den Vater Datteln und Kräuter zu pflücken. »Rühre mich nicht an, und rede nicht mit mir,« hatte sie zu dem fremden Manne gesagt, als sie ihn plötzlich vor sich stehen sah, »daß du nicht unrein werdest,« und dann stellte sie den Wasserkrug auf ihre Schulter neben den glänzenden, unsäglich reinen Nacken und ging zwischen den schlanken Stämmen fort. Und so ging sie Tage und Monden – kein Mensch war in dem Walde als ich; denn sie würden unheilig durch Rede und Berührung mit ihr geworden sein. Der Vater saß unter Feigenbäumen, und sah blöd und leer gegen die Welt, und als er eines Tages todt war, und sie nicht zu dem Flusse kam, so ging ich zu ihr, berührte sie doch; denn ich nahm ihre Hand, um sie zu trösten; ich redete mit ihr, daß sie erschrack und zitterte, und mich ansah, wie ein verwundertes Reh – – »Du mußt dich nun waschen,« sagte sie, »daß du nun wieder rein seist.«

»Ich werde mich nicht waschen,« sagte ich, »denn ich will ein Paria sein, wie du; ich werde kommen zu dir, ich werde dir Früchte und Speise bringen, und du reichest mir den Krug mit Wasser.«

Und ich kam auch, und kam wieder, und oft – ich redete mit ihr, ich erzählte ihr von unserm Brama, wie er sanft und gut sei gegen die Kinder seines Volkes, und wie er nicht den Tod des Weibes begehre, wenn ihr Gatte starb, sondern daß sie lebe und sich des Lichtes wieder freue.

»Wenn sie aber freiwillig geht, so nimmt er sie doch mit Wohlgefallen auf?« fragte sie unschuldig, und heftete die sonderbaren Gazellenaugen auf mich.

»Er nimmt sie auf,« sagte ich, »weil sie es gut gemeint hat, aber er bedauert sie, daß sie sich ihr schönes Erdenleben geraubt hat, und nicht lieber geharret, bis der Tod selber komme, und sie zu ihrem Manne führe, der auch ihrer harrte.«

»Siehst du, wie du im Irrthume bist,« sagte sie rasch. »Es ist ja kein schönes Erdenleben, weil er schon wartete. – Wenn du auch wieder in dein Land gehst, das etwa gar jenseits der hohen, weißen Berge ist, so werde ich traurig sein, und meinen, daß ich dir folgen solle.«

Und hier war es, wo ich zum ersten Male schlecht war. Ihr Wort entzückte mich, und ich beredete sie, mir zu folgen. Sie kannte kein anderes Glück, als im Walde zu leben, Früchte zu genießen, Blumen zu pflücken und die Pflanzenspeisen zu bereiten, die ihr ihr sanfter, reinlicher Glaube vorschrieb: ich aber kannte ein anderes Glück, unser europäisches, und hielt es in Verblendung eben für eines. Ich der starke Mann konnte nicht leben in dem fremden Lande unter der fremden Sonne, und sehnte mich nach Hause – und sie, das weiche Blumenblatt, war ich hart genug aus Selbstsucht mit mir fort zu nehmen; sie folgte willig und liebend, nur blaß war sie sehr, als wir über das breite und endlose Salzwasser fuhren, wie sie das Meer nannte, und es machte ihr Kummer, wenn sie sich mit dem schmutzigen Schiffwasser waschen oder es trinken mußte, statt der klaren Quellen in Kaschmir. Sie liebte mich unaussprechlich und mit gänzlicher Hingabe ihres Willens, und gerade darum liebte ich sie wieder, und mehr, als es nur eine Zunge sagen kann, und ich that ihrem Willen nie Gewalt an, aber sie hatte auch keinen andern, als meinen; denn sie war ja mein Geschöpf, und mischte reizend mein Herz, das sie eingesogen, und ihren Hinduglauben durcheinander.

Als sie nach den Gesetzen unseres Landes mein Weib war, führte ich sie auf meinen Berg. Das Parthenon war in meiner Abwesenheit fertig geworden, ich richtete es ein, daß es strozte von Pracht und Schönheit; dann ließ ich kommen, was ihr theuer und vertraut war, die schönsten Blumen ihres Vaterlandes, die weichsten Gesträuche, die lieblichsten Vögel und Thiere – aber ach! den dunkelblauen Himmel und die weißen Häupter des Himalaia konnte ich nicht kommen lassen, und so lebte sie fort. Sie aß auch kein Fleisch; an mir duldete sie blos, daß ich es thue, und mich mit dem Blute der armen Thiere beflecke. Aber höher, und reiner wäre ich ihr sicher erschienen, hätte ich es ebenfalls vermocht, nur ihre unschuldigen Pflanzengerichte, ihre Früchte und ihr Obst zu genießen. Oft in jenen Tagen, wenn ihr Mund an meinem hing, wenn ihre weichen, kleinen Arme mich umschlangen, und wenn ich in ihr großes, fremdes Auge blickte, und darinnen ein langsam Schmachten sah, – sie wußte selbst nicht, an welcher tiefen, schweren Krankheit sie leide – du armes

Kind! das Heimweh war es – in jenen Tagen war es oft, als sagte eine Stimme ganz deutlich in mein Ohr: »Gehe wieder mit ihr nach Indien,« aber mein hartes, eigensüchtiges Herz war befangen; es war nur auf sich bedacht, nur an seinem Europa hängend, und ahnete nicht, daß es anders sein solle, daß ich, der stärkere, opfern solle und könne, was sie, die schwächere, wirklich opferte, aber nicht konnte. – Ich hörte die Stimme nicht, bis es zu spät war, und eine That geschah, die alles, alles endete – – siehst du, damals rollte auch der Wagen des Geschickes, nur daß er über zarte Glieder ging und sie zerquetschte.

Ich hatte einen Bruder, Sixtus mit Namen, einen schöneren Jüngling kann man sich kaum denken, und dabei war er gut und herrlich, und ich liebte ihn, wie ein Stück meines eignen Herzens. Dieser Bruder kam von seinen weiten Reisen zurück, und wohnte einige Monate auf unserm Schlosse. Das sah ich gleich, daß er vor der Schönheit meines Weibes erschrack und zurückfuhr, und daß in sein armes Herz eine unglückliche Leidenschaft gleichsam wie geflogen kam – aber ich mißtraute ihm nicht, sondern er dauerte mich, ja ich sagte ihr sogar, daß sie ihm gut sein möge, wie man einen Bruder liebt; ich kam seinem Herzen zu Hilfe, ich war noch freundlicher, ich liebte ihn noch mehr, auf daß es ihn erschüttern möge, und er sich leichter besiege. Ich mißtraute nicht, – und dennoch schwirrte es oft mit dunklen Fittigen um mein Haupt, als laure irgendwo – ich weiß nicht wo, in der Luft, außer der Erde oder in mir selbst, ein Ungeheuer, welches mit Entsetzen hereinbrechen würde. Ich wußte bisher nicht, ob sie von dem damals eine Ahnung hatte, was wir Treubruch in der Ehe nennen; denn ich war bisher nicht darauf verfallen, ihr dies zu erklären: jetzt aber erzählte ich ihr davon, sie aber sah mich an mit nichtssagenden Augen, als verstände sie das Ding nicht, oder hielte es eben für unmöglich.

Er schwärmte wild in den Bergen, oder saß halbe Nächte an der Aeolsharfe des Prokopus, bis sich seine Abreise näherte: ich war gedrückt, wie ein Tropenwald, auf dem schon die Wucht unsichtbarer Gewittermaterien liegt, obgleich sich noch kein Wölklein gebildet hat, und die Sonne noch in dem dicken, schweren, trüben Blau des Himmels hängt.

So war es, als ich einmal in der Nacht von einer Reise zurück, die ich in einem Streite wegen schnöden Mammons thun mußte, gegen den Rothenstein angeritten kam. Es war eine heiße Julinacht, und um den ganzen Berg hing ein düsteres, electrisches Geheimniß, und seine Zinnen trennten sich an manchen Stellen gar nicht von den schwarzen Wolken. Die weißen, tröstlichen Säulen des Parthenon konnte ich gar nicht sehen, aber um den dunklen, grünen Hügelkamm, der mir sie deckte, ging zuweilen ein sanftes, electrisches Leuchten. – Mir war, wenn ich nur einmal dort wäre, dann wäre alles, alles gut – aber je mehr ich ritt, je mehr war es, als würde der ganze Berg ordentlich von den Wolken eingetrunken, und ich konnte ihn nicht erreichen – und ich konnte ihn nicht erreichen! Auch mein Rappe, schien es, theile meine Angst; denn er war nicht, wie gewöhnlich, wenn er die Heimat witterte, freudig und ungestümm, sondern er stöhnte leise, und sein Nacken war feucht. Einmal war mir's, als höre ich auch meinen Diener nicht mehr hinter mir reiten, und wie ich anhielt, und umblickte, so stand doch seine dunkle Gestalt dicht hinter mir.

Nicht Eifersucht war es, die mich trieb – nein, nicht Eifersucht, es war etwas viel Entsetzlicheres, ich weiß den Namen nicht: aber es war mir immer, Chelion würde in dieser Nacht getödtet, wenn ich nicht zeitig genug käme. – –

Endlich, da wieder ein stummer Blitz durch den Himmel zog, stand ganz deutlich der Prokopus-Thurm darinnen, und im nächsten Augenblicke führte der Weg schon bergan.

Ruprecht, der junge Sohn meines jüngst verstorbenen Castellans, öffnete das Thor, ohne daß ich ein Zeichen zu geben brauchte; es war, als hätte er schon meiner geharrt.

»Nichts Neues?« fragte ich ihn.

»Nichts,« sagte er.

Ich ritt den Berg hinan. Nichts rührte sich, als wäre alles in die Finsterniß eingemauert. Hinter den Trümmern des Julianhauses waren damals die Stallungen, ich warf meinem Knechte die Zügel des Rappen zu, und ging durch die Eichen gegen das Parthenon, aber da ich an dem Flügel des alten Sixtusbaues vorbeikam, in dem mein Bruder wohnte, und da ich Licht sah, ging ich hinein, um ihn zu grüßen. – Das Thor stand offen, sein Diener schlief auf einem Stuhle im Vorsaale, aber Sixtus war nicht zu Hause. Ich ging wieder weiter – durch die weichen, schönen Gesträuche Chelions ging ich. – – An den weißen, langen Säulen meines Hauses leckten die immer häufiger werdenden Blitze hinan – da war's, als gleite eine Gestalt schattenhaft längs des Corridors: »Sixtus,« schrie ich, aber das Wesen sprang mit einem furchtbaren Satze herab, und seitwärts in's Gebüsche – mir war, als klapperten mir die Zähne, und ich eilte weiter – die Lavine hing nun; der feinste Hauch konnte sie stürzen machen, – und er blieb auch nicht aus, der Hauch. Von der allzeit fertigen Zunge eines Weibes kam er; Bertha war es, die Geliebte Ruprechts, die Dienerin meiner Gattin – sie stand unbegreiflicher Weise in tiefer Nacht vor dem Thore des Parthenon, und da sie meiner ansichtig wurde, stieß sie im Todesschreck heraus, was sie wahrscheinlich um den Preis ihres Lebens gerne verschwiegen hätte: »Graf Sixtus ist bei eurem Weibe.«

Ich ergriff das Gespenst bei dem Arme, um zu sehen, ob es Leben habe. – »Es ist nicht wahr, Satan,« schrie ich, und schleuderte das unselige Wesen mit meiner Hand rücklings in's Gesträuch, daß sie kreischte; ich aber ging durch das blos eingeklinkte Thor hinein und sperrte es hinter mir ab, daß sie mir nicht folgen konnte. Das Thor aber sollte nach meinem Befehl regelmäßig bei Einbruch der Nacht geschlossen sein – heute hatte es offen gestanden. – Die Teufel in mir begannen sich zu rühren, und flüsterten Rathschläge. Sachte, daß auch nicht ein Fußtritt schalle, ging ich durch den Gang längs der Gemächer meiner Diener zum zweiten Thore des Gebäudes, um mich zu versichern, ob es gesperrt sei – es war zu. Ich zog den innen steckenden Schlüssel ab, und ging dann eben so leise auf mein Zimmer. Immer riesiger wurde vor meiner Phantasie das Geschehene, und eine That, ohne Namen, ohne Gestalt, wie ein Berg von Finsterniß lag vor mir, dicht vor der nächsten Minute lag sie – und beides schwoll immer fieberhafter, je nebliger es war, und je weniger ich es fassen konnte. Zu ihr drängte es mich, und doch sträubte sich's wieder, als sei es gut, ich verschöbe es noch. – Es lebte ein alter, weiser Mann, bei dem ich einmal gelernt hatte, da ich noch mein Heil im Wissen suchte – er war in der Scheidekunst weiter, als alle seine Genossen – möge nie wieder erfunden werden, was er erfand und geheim hielt: ein klares, schönes, helles Wasser ist es, er erhielt es aus dem Blute der Thiere – aber nur ein Zehntel eines Tropfens von diesem Wasser auf die Zunge eines lebenden Wesens gebracht, ja nur sanft damit die Lippen befeuchtet, macht, daß augenblicklicher, süßer, seliger Tod die Sinne umnebelt, und das Wesen rettungslos verloren ist. Wir hatten es einmal an einem Kaninchen versucht. – Dieses Wasser schwebte mir unvertilglich vor Augen – ich hatte noch ein klein Theil davon – der silberne Schrein blinkte mich seltsam an; ich schloß seine dreifache Verrieglung auf – nahm die silberne Büchse heraus, in der es stand, daß es kein Taglicht treffe und zerstöre – dann zog ich das krystallne Fläschchen hervor: hell und klar, wie schuldlos Wasser, und prächtig, wie hundert Diamanten funkelte mich das wunderbare Naß im Lichte meiner Lampe an – – ich setzte es hin, und ging in der Stube auf und ab, weil mich innerlich fror. Dann nahm ich es wieder, trat zur Thür an der Seitenwand und öffnete sie – sanftes Lampenlicht floß mir aus dem letzten Gemache entgegen, in welchem Chelion schlief, und durch die hohen Glaswände, die den Gang von ihrem indischen Garten trennten, schimmerten zeitweise die lautlosen Blitze des Himmels.

Schläft sie? – –

Ich trat näher – ein schwaches Rauschen schreckte mich – es war aber nur einer ihrer Goldfasane, der entweder sich bei ihr verspätet hatte, und entschlummerte, oder der bei der ein wenig offenen Gartenthüre hereingekommen – warum war sie offen? warum gerade heute? – Fast ein Mitleid wollte mich beschleichen: – Also so unerfahren seid ihr beide im Verbrechen, daß euch nicht beikam, selbst die geringste Spur zu verwischen, um es zu verhüllen! – – Der Fasan scheute mich, und schlüpfte sachte bei der Spalte hinaus. – – Und seltsam – seltsam – mir war, wenn das Thier wieder da wäre, wäre es besser; denn ich fürchtete mich im Zimmer – es waren so viele Schatten da – ich drehte ein wenig den Schirm, daß das Licht gegen das Bett fiel – sie schlief wirklich – wie ein furchtsam Kind in die Kissen gedrückt schlief sie, ihre Hand, klein, zart und fremd, wie ein Blatt der Lotosblume, lag auf der reinen Decke ihres Lagers – mir wollte das Herz vor Mitleid zerspringen – der Mund war sanft geschlossen. – »Nur ein Tröpfchen, nur ein feuchter Hauch auf die Lippe – – es ist ja süßer, seliger Tod,« flüsterte es in mir – – es schüttelte mir in den Gliedern – also darum hast du das arme, unwissende Geschöpf nach Europa gebracht – – also darum mußtest du so nach Hause eilen, daß du selber – – – Mir war, als träume ich unter einer Bleilast, und ringe furchtbar, zu erwachen, und es nicht zu thun. – – In diesem Augenblicke liebte ich sie mehr, als früher im ganzen Leben, und ihr Verlust erschien mir als das Unersetzlichste im ganzen Weltall. – O du schönes, du armes, du theures, theures Weib! Ein tiefer, tiefer Schmerz regte sich, und mit ihm kam Milde, ach Gott dem Herrn sei's noch jetzt dafür gedankt, daß sie kam, und daß er mich vor der größern Hälfte des Verbrechens wahrte. Ich trat näher, und berührte sanft ihre Hand – sie regte sich, öffnete die Augenlieder, und sah mich mit den schönen heimatlosen Augen an, aber es war kein Bewußtsein darinnen, und sie ließ die Wimpern gleich wieder schlaftrunken darüber sinken.

»Chelion,« sagte ich sanft.

Der Ton ist dem Herzen näher, als das Bild – meine Stimme traf sie, sie fuhr erschrocken auf, und stieß heraus: »Jodock, bist du's?«

»Ich bin's Chelion,« sagte ich – sie aber wandte sich ab, und vergrub ihr Haupt in die Kissen.

»Mein Weib, mein Kind,« sagte ich noch einmal sanft. Sie aber kehrte sich gegen mich, sah mich verzagt an, und sagte: »Jodok du willst mich tödten.«

»Ich dich tödten, Chelion?«

»Ja, du bist so furchtbar.«

»Nein, nein, ich will es nicht sein,« rief ich, »siehe, ich werfe alles hinter mich, sage mir nur du, Chelion – bei meinem und deinem Gotte bitt' ich dich, sag es nur, daß du unschuldig bist; ich will dir glauben, ich will wieder glücklich sein; du hast ja nie gelogen – – so sag' es doch!!«

»Nein, Jodok, ich bin nicht unschuldig,« sagte sie sanft. »Wie du es meinst, bin ich nicht unschuldig – – aber ich liebe doch nur dich, nur dich allein – – Ach ihr Götter in den Wolken meines Landes! ich liebe nur ihn allein!!«

Und sie brach in ein Schluchzen aus, als wollte sie ihre ganze Seele heraus weinen, dann aber, als sich dies milderte, sagte sie: »Siehe! er ist spät Abends herein gekommen, ich weiß nicht wie; er war nie hier, aber ich hielt es nicht für Sünde, und da sagte er, er wolle Abschied nehmen, er werde mich nun nie mehr sehen, und dich auch nicht, und er liebe uns so unaussprechlich – und sein Angesicht war so unglücklich, daß es mich dauerte, und ich ihn recht heiß liebte; denn er ist ja dein armer, vertriebener Bruder. – Ich streichelte ihm die Locken aus der Stirne – er weinte, wie ein Kind, wollte aufstehen; denn er war bisher auf dem Teppich gekniet, – er wollte gehen – er weinte nicht mehr, aber seine Lippen zitterten noch vor Schmerz – er kam mir vor, als wäre er noch ein Knabe, der keine Mutter habe – und wie er seinen Mund reichte, küßte ich ihn; er hielt meine Hand – und wir küßten uns wieder. – – Ach Jodok, dann küßte ich ihn nicht mehr, wie deinen Bruder – es wehte so heiß im Zimmer, das Fühlen seines Mundes war süß, das Drücken seines Armes süß, wie deines – – mir war, als seiest du's – – ach deine arme, arme Chelion! – Und dann war er fort, die Lampe brannte im Zimmer, draußen blitzte es, und mein Fasan saß auf dem Teppich, und blickte mich mit den schwarzen Aeuglein an – und wie ich schlief, träumte ich, du stündest vor mir, und hättest ein schönes Fläschchen in der Hand – und es sei schwere Sünde, was ich gethan – – und es ist auch Sünde; denn siehe, dein Auge, dein gutes Auge ist so krank, es ist so krank. – – Ich bitte dich nur um eine Wohlthat, Jodok, du wirst mich tödten, tödte mich sanft, daß ich nicht leide, und etwa im Körperschmerze versucht werde, dir zu fluchen.«

Mir brach das Herz: »Chelion,« rief ich, »stehe auf und folge mir nur weg, aus diesem schwülen Zimmer, in den Garten hinaus, ich thue dir kein Leid.«

»Nein, du mußt mir eins thun,« antwortete sie, »ich werde aus diesem Bette nicht weichen, sondern auf den weißen Kissen liegen bleiben, bis das rothe Blut darüber weg fließt, und sie purpurroth färbt – dann werden *sie* roth sein, und ich weiß – aber ich werde dann ruhig sein, nicht gequält, und nicht mehr fehlend, sondern ich werde sein, wie einer der weißen, marmornen Engel in deiner Kirche – –.«

Ihre Augen gingen irre und furchtsam umher, als suche sie das Schwert – das Fläschchen auf dem Tische hielt sie für etwas unschuldiges. – – Ich Satan quälte sie durch Schweigen, aber ich war selber gequält – –.

»Nur lasse mich,« fuhr sie fort, »lasse mich noch ein wenig diese Luft athmen; das Athmen ist so gut, mir däucht, es müsse ängstlich sein, nicht mehr zu athmen....«

Nun war es aber mit mir zu Ende, und Entsetzen packte mich – ich sah sie schon mit dem inneren Auge als Leiche vor mir liegen – meine Haare sträubten sich, ich sprang auf, nahm das Fläschchen, stürzte zur Thüre hinaus in die Glashäuser ihres indischen Gartens; sie standen alle offen, und eine heißere Luft, als sonst immer in ihnen war, strömte heute von außen herein; die Pflanzen ihres Vaterlandes standen in schwarzen Klumpen, und sahen mich vorwurfsvoll an – ich gewann das Freie, im Sixtushause standen alle Fenster schwarz und stumm, auf dem Berge war Todesschweigen, nur unten schien es, als würden Thüren zugeschlagen, und als tönte es von davonjagenden Hufen – ich betete inbrünstig, er möchte geflohen sein. Ich stieg aus dem Thale des Parthenon empor, und ein zerrissener Himmel flatterte um mich; es waren schwarze Fahnen, daraus feurige Zungen griffen – ich eilte, daß mir der Schweiß auf der Stirne stand, und wie ich die höchste Zinne erreicht, wo der Felsen jäh abstürzt, da hob ich meinen Arm, als müßte ich Lasten niederbrechen, und schleuderte das Fläschchen in den Abgrund – – ich horchte nach – – und ein zarter Klang kam herauf, wie es an den Steinen zerbrach – – – und ein Universum fiel mit diesem Klange von meinem Herzen. – O wie entsetzlich, wie ein furchtbar Raubthier ist der Mensch!! Ich wähnte mich jedes Vorurtheiles ledig, und bei einem Haare hätte ich dem härtesten, eigensüchtigsten Wahne falscher Ehre ein Wesen geopfert, das in der Hilflosigkeit seiner Menschennatur unschuldiger ist, als tausendmal Tausende, die so nicht fehlten, weil sie den Fehler schon vorher im Herzen trugen und ihn kennen – ein Wesen, das ich aus seiner einfachen Menschheit nach Europa zwang, und dort nach europäischen Begriffen schlachten wollte. – Du armes, du herrliches Herz, du wußtest nur, daß mein Gefühl gekränkt sein müsse, und das wolltest du ergeben mit dem Tode büßen – – o wie war ich erleichtert, als ich den furchtbaren Alp von mir geschleudert, – auch war mir, als höbe sich in diesem Augenblicke ein Lüftchen, und rausche freundlich in den Sträuchen – der harte Himmel löste sich, und floß in weiche Schleier in einander und einzelne Tropfen schlugen gegen die Baumblätter. Ich lief wieder hinab, ging in ihr Zimmer, trat zu dem Bette – sie lag noch immer darinnen, und wie ich eintrat, richtete sie die trockenen, entzündeten Augen gegen mich – ich aber nahm sie in die Arme, küßte sie auf den brennenden Mund, und sagte: »Schlafe nun ruhig, schlafe süß, ich krümme dir kein Haar, ich werde dich lieben fort und fort, wie mein Weib, wie mein eigenes einzig Kind – ich will dich noch zarter pflegen, als sonst, daß du diese Nacht vergessen mögest – – gute Nacht, liebe, theure Chelion! gute Nacht.«

Sie hatte dies alles geduldet, aber nicht erwiedert. Ich mochte sie nicht weiter quälen, sondern ging zum Zimmer hinaus, und hörte nur noch, wie mir ein leises auflösendes Schluchzen nachfloß.

Des andern Tages kam ein kühler, heiterer Morgen. Ich erfuhr, daß Graf Sixtus in der Nacht abgereiset war – Ruprecht, sein junger Freund, Jagd- und Abenteuergenosse, hatte ihn befördert, ich wußte es wohl; denn sie hatten sich immer schwärmerisch geliebt – aber ich ließ mir nichts anmerken, obgleich mich Ruprecht mit der Angst des bösen

Gewissens anblickte; mir war es wohl, daß er fort war; denn in Hinsicht seiner war ich meines Herzens nicht sicher – es war gut, daß er floh.

Als ich zu Chelion kam, kauerte sie eben auf dem Teppich, und drückte eine Taube an ihr Herz – ich that mir noch einmal innerlich den Schwur, die Qual dieser Nacht ihr durch lebenslange Liebe vergessen zu machen, wenn ja das Schrecknіß auszutilgen ist aus dem weißen, unbeschmutzten Blatte ihres Herzens – – aber es war nicht mehr auszutilgen – – sie hatte mich einmal mit dem Mörderauge an ihrem Bette stehen gesehen, und dies war nicht mehr aus ihrer Seele zu nehmen. – Sonst war ich ihr die sichtbare Gottheit auf Erden gewesen, nun zitterte sie vor mir. – – Wie kanns denn auch anders sein? Wer einmal den Arm erhob zum Todschlage eines seiner Mitgeschöpfe, wenn er ihn auch wieder zurückzieht, dem kann man nicht mehr trauen; er steht jenseits jenes Sittengesetzes, dem wir in unserer Brust Unverletzlichkeit zutrauten, und er kann das frevle Spiel jeden Augenblick wiederholen. Ich that das Uebermenschliche – durch Jahre hindurch that ich es – es war vergebens: sie that alles, was ein Weib nur immer aus Liebe zum Manne thun kann, nein! sie that noch mehr, ihr letztes Tröpflein Blut aus dem Herzen hätte sie für mich gegeben; die gänzliche Ergebung – die tiefste Demuth – Aufopferung bis zum Märchenhaften – ich weiß nicht, was alles hatte sie, nur das Eine nicht, das statt Allem gewesen wäre: die Zuversicht – sie klagte nie, aber sie hing in meinen Armen, wie die Taube in denen des Geiers, gefaßt auf alles – – und so gingen Jahre hin, und wieder Jahre – die kalte Sonne des Norden schien auf sie, wie mein Auge, beides kein Leben mehr spendend – – nie mehr seit jener Nacht ist die Röthe der Gesundheit wieder in ihr Angesicht gekommen – und so starb sie auch an einem Nachmittage, die brechenden Augen noch auf mich gerichtet, wie das arme

Reh den Mörder anschaut, der ihm die Kugel in das furchtsame Herz gejagt hatte.

Ich wurde wahnsinnig vor Schmerz, als sie begraben war. Ich wußte nicht, sollte ich Bertha morden, die Kuplerin, oder Ruprecht ihren Mann – oder soll ich Sixtus suchen, und ihn langsam Faser für Faser martern – – – Aber er war mir zuvorgekommen, als er ihren Tod vernommen, hatte er sich mit einer Kugel das Hirn zerschmettert – Wuth und Verzweiflung kam auch in meines Castellans, Ruprechts Haus; denn er warf seinem Weibe, Bertha, den Tod des Sixtus vor – sie starb auch bei der Geburt eines Mädchens – ich aber sperrte das Parthenon zu bis auf ein Gemach, in dem ich wohnte; die Pflanzen ließ ich verkommen; die Thiere nährte ich, bis sie starben, und was von Chelion übrig war, jedes Stückchen Kleid, ihr Spielzeug, ihr Bette, den Fußboden und den Teppich, auf dem sie wandelte, das Tischchen, an dem sie saß – – alles, alles hütete ich, daß es blieb, wie es an dem Tage ihres Todes war; – denn ich hatte Niemand – mein Sohn Christoph, das Ebenbild Chelions, hatte er nun erfahren oder geahnt, was ich seiner Mutter gethan, war fort, und nie wieder gekommen – – und als ich alt geworden, und nun fürchtete, daß nach meinem Tode alles in entweihende Hände komme, da nahm ich das Geld, das ich zu diesem Zwecke zusammengespart, hinterlegte es als Ersatz, und zündete das Parthenon an, daß alles, und alles durch das Feuer verzehrt wurde, was von mir und ihr übrig war. – – Es war eine schöne, schmerzensvolle Lohe – ich zog in mein steinern Häuschen am Fuße des Berges, und wenn ihr einst, Christoph, oder wer mir sonst folgen mag, dieses leset, so nehmt die Bilder aus dem grünen Saale – – oder laßt sie dort, aber folgt meinem Testamente: ein weißer Würfel, heißt es dort, mit beiden Namen....«

Hier brach das Manuscript ab, wie jedes der andern auch; denn wenn der Mann dachte: »morgen, übermorgen schreibe ich weiter,« so war er morgen oder übermorgen krank, und so und so viel Tage darauf todt.

Der junge Mann, der in der Pergamentrolle gelesen hatte, stand auf, fuhr sich mit der Hand über die Stirne, legte dann die Rolle in ihr eisern Fach, schloß dasselbe und die andern, ließ die eisernen Fensterlehnen zufallen, trat hinaus, riegelte alle Schlösser vor das Thor des rothen Steines, und wanderte in freundlichem Sonnenscheine den vielbetretenen Weg seiner Ahnen durch den alten gespenstigen Garten, durch den Juliansbau, durch den Eichenwald dem neuen Schlosse des Grafen Christoph zu.

Wie war alles seit den Jahren, als unsere Freunde das Schloß besucht hatten, anders geworden: das Christophschloß stand glänzend und wohnlich da, die grünen Fenstervorhänge waren alle aufgezogen, und die Sommerluft wehte lustig aus und ein – an das Haus stieß die lange spiegelnde Reihe der Glashäuser mit den tausend und tausend Pflanzen aller Länder und ihren barbarischen Namen auf blechenen Täfelchen – dann waren die Museen, Heerden ausgestopfter Vögel, alles was kriecht und fliegt – dann glänzten düster die Kästen mit den Stufen und Mineralien und allem, was nur immer im Bauche der Erde glizzert und flimmert – und es wurde noch immer mehr; denn, obgleich der neue Schloßherr Tag und Nacht Thal aus, Thal ein ritt, um alles zu sehen, zu ordnen, zu verbessern, und obgleich seine Unterthanen sehr wohl wußten, daß er ihnen eigentlich sein rastloses Leben widme, und obgleich sie erkannten, daß in den letzten wenig Jahren mehr geschehen war, als in den frühern hundert: so meinten sie doch, ihr Herr sei ein Narr, wie alle seine Ahnen, und da sie ihn aber doch liebten, so brachten sie Käfer und Fliegen, und Vögel und Steine, und was sie erhaschten, auf das Schloß, und baten, es aufzubewahren, was er immer zusagte, wenn er es auch dann als schlechtes oder überzähliges Zeug wegwarf; denn es freute ihn, ob er sonst gleich den schärfsten Verstand hatte, daß eine solche Wißbegierde in seine Leute gefahren sei, und er hielt sie sämmtlich für lauter Naturforscher. – Nach dem Museum kam ein herrlicher Garten, überschüttet mit Blumen und Obst, und in diesem Garten stand ein junges, blühendes Weib, zwei Buben balgten sich zu ihren Füßen, sie rief dem ankommenden Manne zu: »Daß du doch endlich da bist, Heinrich, komme, wir haben Obst und Erdbeeren und Milch und alles in die Laube getragen, dort wird zu Abend gegessen.« Niemand unsrer Leser hätte in der feinen, hohen Frau die unentwickelte naive Wirthstochter aus der grünen Fichtau erkannt – sie ist in Heinrichs Schule ein halbes Wunderwerk geworden, aber ein noch größeres, ein vollendetes Wunder steht neben ihr, ein Mädchen namenlos schön, wie ein Engel, und sanft und rein blickend, wie ebenfalls ein Engel: es ist Pia, die Tochter des unglücklichen Grafen Christoph – Heinrich hatte den Brief, den der Sterbende aus Afrika für seinen Nachfolger an das Gericht gesendet hatte, entsiegelt, und darinnen die flehentlichsten Bitten gelesen, der, an den das Schloß falle, möchte sich Pia's annehmen, sie sei seine und Tiburtias Tochter; hätte ihm Gott die Rückkehr aus Afrika gestattet, wohin er thöricht ging, um einem unterdrückten Volke Freiheit und sich Ruhm zu erwerben, so hätte er, auf seine Thaten gestützt, dem Geschrei der Welt getrotzt, und hätte Tiburtia geehlicht – aber so mußte er die Sünde gegen sie und sich mit zu Gott hinüber nehmen – und bitten um Hilfe für Pia.

Diese Hilfe gewährte nun Heinrich, der gute Mensch, in reichem Maaße – er nahm sie gerichtlich als seine Tochter an, dann zog er das scheue Kind, das seit den vielen Jahren, als das Schloß ohne Besitzer gestanden war, nie einen andern Menschen gesehen hatte, als ihre alte Magd, und den alten Ruprecht – er zog das scheue Kind an sich, bis es Zutrauen zu ihm, und noch mehr zu Anna gewann, auf ihre

Liebe und ihre Worte horchte – die Süßigkeit und Seligkeit kosten lernte, und sich ganz mit Leib und Seele dem neuen, süßen Drange hingab, der dann die schöne Blume hervorlockte, als welche sie nun da stand. Durch ein seltsam Naturspiel war sie Chelion ähnlich, aber noch schöner war sie, als ihre Großmutter; denn sie hatte ihre Demuth in den Augen, aber auch die Stärke und Freiheit ihres Großvaters des Grafen Jodokus, dem sie gleichfalls ähnlich war, so daß man sie eher für Jodok und Chelions Kind hätte halten mögen. Die Strahlen ihres Wesens waren schon weit über den Rothenstein hinausgedrungen, und mancher Anbeter war den Berg hinangeritten, aber sie betrachtete dieselben bisher noch immer mit denselben geschreckten Augen, wie weiland die zwei Freunde, als sie sie zum erstenmale in den Ruinen Julians sah, wo sie auf dem Balkone geritten war.

Was mit den andern Personen unserer Geschichte geschah? –

Der alte Ruprecht lebt noch, er sitzt ewig hinten am Christophbaue in der Sonne, dreht lächelnd seinen Stock in den Fingern, und erzählt Geschichten, die Niemand versteht; er erzählt sie, wenn auch Niemand zuhört, und meint, er sei noch immer Castellan, obgleich ein anderer schon seit Jahren sein Häuschen und Amt geerbt hatte.

Robert und Thrine kommen häufig auf den Berg, und Heinrich und Anna in die Stadt.

Die ganze Fichtau schlug die Hände zusammen, als Annas Trauungstag war – Vater Erasmus sagt jetzt nie anders, als: »Mein Herr Schwiegersohn, unser gnädigster Herr Graf.« Boten-Simon und der Schecke fahren Land aus, Land ein, und beide wundern sich über das, was sie erlebt. Der Asang ist wieder an das Stammgut eingelöset, und Segen und Gedeihen schwebt auf dem ganzen Berge.

Noch eine ganz neue Person müssen wir am Ende der Geschichte einführen, es ist Magdalena, Heinrichs Mutter.

Sie kocht und fegt, und ist selig über das unsägliche Glück ihres Sohnes.

Im grünen Saale malt eben einer der ersten Künstler an den Bildern Heinrichs und Annas, die goldnen Namen aber stehen schon im Serpentine unter den leeren Nischen.

Und so, du glückliches Paar, lebe wohl, Gott der Herr segne dich, und führe noch unzählige, glückliche Tage über deinen Berg, und über dich und die Herzen der Deinen. Lebe wohl.

Christian Begemann

Das Verhängnis der Schrift

Stifters schriftstellerische Laufbahn beginnt spät und eruptiv. Erst 1840 veröffentlicht der mittlerweile fast Fünfunddreißigjährige seine ersten, allerdings schon früher entstandenen Erzählungen. Ende 1842, als *Die Narrenburg* in dem von Gustav Heckenast verlegten Taschenbuch *Iris* erscheint, ist Stifter bereits ein anerkannter und gefragter Autor. Von anderen Texten, den Aufsätzen im Sammelwerk *Wien und die Wiener* oder der berühmten Sonnenfinsternisbeschreibung, einmal abgesehen, ist die Zahl seiner erzählerischen Arbeiten bis zu diesem Zeitpunkt auf sieben angewachsen, in denen sich überdies eine beträchtliche Entwicklung beobachten läßt. Stehen die drei ersten Erzählungen noch ganz im Schatten Jean Pauls und der Romantik, so zeichnet sich schon im 1841 publizierten *Hochwald* eine deutliche Wende ab. Im Zusammenhang mit ihr beginnt Stifter bereits im folgenden Jahr die Totalrevision seiner frühen Texte, deren Ertrag seit 1844 unter dem nicht ohne Koketterie tiefstapelnden Titel *Studien* erscheint. Unverkennbar ist der Biedermeier-Autor Stifter von nun an auf dem Weg zum Realismus, der sich in der deutschsprachigen Literatur seit den vierziger Jahren ankündigt.

Die Narrenburg, ein von der Literaturwissenschaft wenig beachteter und unterschätzter Text, nimmt in dieser Übergangszeit einen prominenten Platz ein. Zwar bedient er sich noch ausgiebig aus den Beständen der romantischen Tradition, aus – um nur die ›Schloßgeschichten‹ zu nennen – E. T. A. Hoffmanns *Majorat,* aus Eichendorffs *Schloß Dürande* oder Tiecks *Klausenburg.* Doch schon die erste Fassung der Erzählung, die die vorliegende Ausgabe wiedergibt, zieht sowohl in inhaltlicher wie in erzählerischer Hinsicht entschiedene Konsequenzen aus jener Demontage des romantischen Subjektivismus, die mit dem *Hochwald* beginnt. Sie führt dabei eine ganze Reihe von Themen und Motiven ein, die Stifter bis an sein Lebensende beschäftigen werden: die Auseinandersetzung mit dem Ich und der Geschichte, das Verhältnis von Natur und Kultur, die doppeldeutige Rolle der Schrift und nicht zuletzt die Problematik von Familie, Ehe und Genealogie. Besonderes Interesse darf die *Narrenburg* jedoch vor allem aus einem anderen Grund beanspruchen: Sie ist ein früher Beleg für ein hochartifizielles, durchaus spannungsreiches Schreiben, das alle allzu geradlinigen Lesarten vereitelt und einmal mehr das verbreitete Fehlurteil über Stifter als einen harmlos-bescheidenen und fromm-idyllischen Autor Lügen straft.

Familiengeschichten

Auffällig und merkwürdig ist Stifters Faszination von der Familie im allgemeinen und der der Grafen Scharnast im besonderen, denen Stifter offenbar eine Zeitlang einen Erzählzyklus widmen wollte. Ausnahmslos umkreist noch sein spätes Werk Probleme der Familie und der Genealogie – *Witiko* nicht anders als die Erzählungen *Nachkommenschaften, Der Kuß von Sentze* und *Der fromme Spruch.* Es ist jedoch vor allem *Die Mappe meines Urgroßvaters,* die den Bogen vom frühen zum späten Werk zu schlagen erlaubt. Viermal hat Stifter den fast gleichzeitig mit der *Narrenburg* entstandenen Text überarbeitet, und dessen letzte, zum

Roman angewachsene und unvollendet gebliebene Fassung begleitet ihn im buchstäblichen Sinn bis aufs Sterbebett. Stifters letztes Werk aber darf in mancher Hinsicht auch als der letzte Ausläufer seiner Beschäftigung mit der Familie Scharnast gelten, sind doch *Mappe* und *Narrenburg* in ihren jeweils ersten Fassungen aufs engste verzahnt. Geht es in der *Narrenburg* um den Verfall der Familie Scharnast, der mit der Entzweiung der Brüder Julianus und Julius beginnt und erst nach dem Erlöschen der Julianus-Linie durch den Helden Heinrich, den Nachkommen des Julius, abgewendet wird, so ist der Rahmenerzähler der *Mappe* der Ururenkel jenes »sanftmüthigen Obristen«, der hier noch den Namen des von seinem Bruder geprellten und vertriebenen Julius Scharnast trägt (vgl. dazu das genealogische Schema auf Seite 124). Erst die Fassungen der beiden Erzählungen in den *Studien* werden diese Verbindung kappen. Der Rahmenerzähler der ersten *Mappe* steht damit nicht nur an derselben genealogischen Stelle wie Heinrich, beide tragen zugleich Züge ihres Schöpfers – man erinnere sich nur an das schon im ersten Satz der *Narrenburg* beginnende Spiel mit der genealogischen Bedeutung der Worte ›stiften‹, ›Stifter‹, ›Stift‹, man erinnere sich an die Hinweise im Rahmen der *Mappe* auf Stifters eigene Biographie oder an die Tatsache, daß der latinisierte Name des Urgroßvaters hier anfänglich noch »Dr. Augustinus Fundator« lautet … So setzt sich das Verhältnis von Schrift und Familie, das in der *Narrenburg* thematisch ist, aus dem Inneren der Texte in ihren Außenraum fort: Es ist der Autor selbst, der sich mit ihnen eine Familie, eine Genealogie und eine Geschichte erschreibt und auf diese Weise Autor des eigenen Lebens, gleichsam sein eigener ›Stifter‹ zu werden sucht. 1847 schließlich wird Stifter in der Erzählung *Prokopus* noch einmal auf die Familie Scharnast zurückkommen und den Bruderkrieg vor gut alttestamentlicher Folie aus dem Sündenfall der zerrütteten

Genealogisches Schema zur *Iris*-Fassung der *Narrenburg*

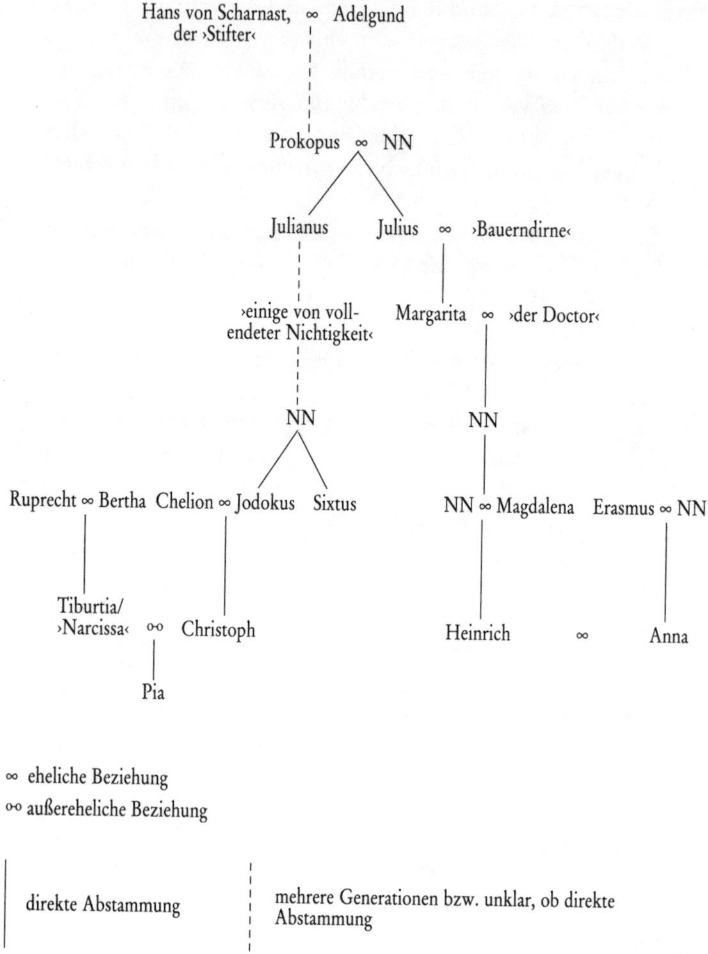

Ehe der Eltern, des Grafen Prokopus und der Gertraud, herleiten.

Die Bedeutung der Familie erklärt sich für Stifter aus ihrer Funktion als ein Ordnungsmodell, und zwar eines, das sich selbst reproduziert. Im Idealfall bildet sich in ihr jenes »sanfte Gesetz« ab, das Stifter in der Vorrede zu den *Bunten Steinen* theoretisch zu fassen sucht, aber schon viel früher erzählerisch darstellt. In der *Studien*-Fassung der *Mappe meines Urgroßvaters* etwa ergießt sich durch die Folge der Generationen ein »Strom der Liebe«, der Zuwendung und selbstlosen Aufopferung, der als die »Regel« jener kleinen Geschichte des scheinbar Unbedeutenden gesehen wird. Daneben ist die Familie eine Lebensversicherung in einem ganz besonderen Sinn. In Stifters Werken erkennen sich immer wieder Kinder in den Porträts ihrer Eltern oder Ahnen wieder, weil sie diesen zum Verwechseln gleichen. Von Generation zu Generation wird nicht nur Liebe und Leben, sondern auch die genaue Physiognomie der eigenen Person weitergegeben. Die Eltern leben in ihren Kindern fort und bilden sich in diesen ab, sie gewinnen in der Kette der nachfolgenden Generationen fast eine Art innerweltlicher Unsterblichkeit, wenngleich eine beschränkte und relative. Umgekehrt finden sich die Kinder in den Bildern und Hinterlassenschaften der Ahnen selber wieder. Sie erkennen ihre Herkunft, ihren Ort in einer Kette, einem übergeordneten Zusammenhang und erhalten damit eine »Heimath«, sprich: eine Identität. Doch ebenso wie mit der familialen Unsterblichkeit hat es auch mit dieser Form der Identität eine eigene, sehr ›stifterische‹ Bewandtnis. Wie das Leben, das fortdauert, nicht das Leben des einzelnen, sondern das der Familie ist, so erwächst Identität nicht etwa aus dem Selbstbewußtsein individueller Einzigartigkeit, sondern gerade aus deren Preisgabe. Das Ich begreift seine Stellung in einem gegliederten Kontinuum, einer überindividuellen Ordnung und unvordenklichen Geschichte, in der es mit anderen seiner Art ›identisch‹ ist. In dieser Konstruktion drückt sich Stifters tiefes Mißtrauen gegen das besondere und herausgehobene Individuum aus, das in seinen Texten zunehmend nur noch auftaucht, um berichtigt, einer Ordnung integriert und ›weggeschrieben‹ zu werden.

Dieser Vorgang ist in mancher Hinsicht bereits in der *Narrenburg* zu verfolgen. Die Familie der Grafen Scharnast ist das negative Gegenstück des Idealbildes, das im ersten Kapitel der *Studien-Mappe* entworfen wird. Sie steht damit freilich nicht allein, denn die meisten der von Stifter erzählten Familien bleiben gegenüber seiner schon fast sakrale Züge annehmenden Huldigung an diese Institution in einem bemerkenswerten Rückstand. Zerrüttete Ehen, verwahrloste Kinder, dauernder Zwist unter Verwandten und heimliche Gewaltverhältnisse sind in Stifters Familien so häufig, daß sie jene behauptete »Regel« zu dementieren scheinen, jedenfalls aber zeigen, gegen welchen faktischen Widerstand das Ideal vom »sanften Gesetz« der Familie allererst aufgeboten wird. Im Fall der Familie Scharnast erklären sich Zerrüttung und Niedergang daraus, daß in ihr gerade das Besondere und Eigenwillige treibendes Prinzip geworden ist.

Stifters Narren

Daß das Familienübel des Geschlechts, die ›Narrheit‹, eine Art Radikalsubjektivismus ist, wird, wie so häufig bei Stifter, nicht zuletzt in den Raumstrukturen sichtbar. Es ist gewiß richtig, daß sich für die Schauplätze der Erzählung und ihre Benennung ›reale‹ Vorbilder namhaft machen lassen. Stifter war kein großer ›Erfinder‹. Die grüne Fichtau und die Burg Rothenstein ähneln der Gegend von Viechtwang und der Ruine Scharnstein im Almtal, südlich von Kremsmünster, wo Stifter seine Gymnasialzeit verbracht hat. Auch einen Rotenstein gibt es dort. Wie mit den Namen, die er umsortiert und denen er sich gewissermaßen einschreibt, hält es Stifter aber auch mit den entsprechenden Lokalitäten. Die erste Silbe von »Viechtwang« bekommt durch die veränderte Schreibung eine erkennbare ›Motivierung‹, die neu hinzukommende zweite Silbe »-au« läßt Idyllisches assoziieren, und das Attribut »grün« stellt eine Opposition zum gräflichen Rot her. Im Falle des Namens »Scharnstein« wird die zweite Hälfte abgespalten und charakteristischerweise durch Stifters eigene Initialen (-ast) ersetzt. In vergleichbarer Weise werden auch die ›realen‹ Topographien aufs strengste der Ordnung und dem Kalkül des Textes unterworfen.

Das gilt zunächst für den Bezirk der Burg selbst. Die keinen Zugang verratende Außenmauer weist auf den Abschluß der Familie von der übrigen Welt, auf ihre Eingeschlossenheit in einem selbstentworfenen Innenraum hin, und dieses Prinzip der Besonderung wiederholt sich innerhalb der Anlage noch einmal. Jeder Majoratsherr baut sich sein eigenes, von den anderen abgetrenntes Schloß und gibt damit seine Haltung zu den übrigen Mitgliedern der Familie nur zu deutlich zu erkennen. Alle Scharnasts tragen einen »sonderbaren Zug von Exaltirtheit« (S. 83), sie sind ihrer Phantasie, ihren Leidenschaften, ja ihrem »Wahne« verfallen und darum in vielerlei Hinsicht ›asozial‹. Von ihnen gilt insgesamt, was einmal von Ruprecht, dem alten Kastellan, gesagt wird, der eine Art allegorische Verkörperung des Genius loci darstellt: Er sei ganz »in seine eigene Subjectivität untergesunken« und habe dadurch den Sinn für die »Gegenständlichkeit der Dinge« eingebüßt (S. 78). Kaum etwas kann seit Stifters mittlerem Werk eine Figur härter charakterisieren als diese Aussage. Die Scharnasts, so scheint es, sind durch eigenes Verschulden aus der Ordnung der Dinge herausgefallen, die Stifter mit zunehmender Eindringlichkeit beschwören wird.

Pars pro toto wird die Tragik der Familie in der Autobiographie des Grafen Jodokus entfaltet. Zu spät erkennt dieser, daß auch seine Existenz von der Narrheit der Ahnen bestimmt war, die er am Ende seines Lebens einer radikalen Kritik unterzieht. In einer ungeheuren Größenphantasie hatte sich der junge Jodok als »Mittelpunkt des All« und »Schlußstein des millionenjährig bisher Geschehenen« imaginiert (S. 100). Seine narzißtische Einverleibung der Unendlichkeit des Kosmos, den er zu durchfliegen wähnte, geht in einem genauen Zusammenhang der Verkennung aus dem metaphorischen Einschluß ins Ich hervor. Alles wird Ich. Entsprechend tief ist der nachfolgende Absturz der Erkenntnis. Das Ich wird dezentriert, sieht sich einem fremden Geschehen unterworfen, dem gegenüber es nichtig und bedeutungslos ist. Die pessimistische Rede vom »unenthüllbaren« und »unerbittlichen Schicksal« ist, häufig artikuliert, im *Hochwald* etwa oder im *Abdias,* die Kehrseite von Stifters Hoffnung einer sinnerfüllten Ordnung der Welt. Anders aber als das ›Schicksal‹ des Abdias ist das des Jodok hausgemacht. Es geht aus einer fatalen Verkettung von Leidenschaften hervor, die in die Katastrophe münden. Durchaus sieht Jodok die Narrheit seiner Vorfahren, kann sich aber selbst in ihrer Ablehnung nicht von ihr befreien. Einem seit dem 18. Jahrhundert geläufigen Muster folgend, wendet er sich von den Verirrungen der »Civilisation« ihrem traditionellen Gegenteil zu, der Natur, die er in einem paradiesischen Indien und in der Paria Chelion zu finden glaubt. Seine von Eigensucht bestimmte Ehe mit der schönen Inderin – Stifter greift bei ihrer Darstellung übrigens auf eine zeitgenössische Begebenheit zurück, die Liaison des Fürsten Hermann von Pückler-Muskau mit der von ihm käuflich erworbenen abessinischen Sklavin Machbubah – kulminiert in einem Geflecht von Ehebruch und Gewalt, das alle Beteiligten psychisch und körperlich zerstört: die in aller Unschuld untreue Frau Chelion, Jodoks ehebrecherischen Bruder Sixtus und schließlich auch den endlich zur Einsicht gelangenden Autobiographen selbst. Augenfällig ist, daß die »wilde« Leidenschaft des Sixtus und die Mordlust des Jodokus in der Erzählung aus der familientypischen Befangenheit der Figuren in sich selbst, in ihren Phantasien und ungebrochenen Begierden, abgeleitet wird. Der überaus eigentümlichen Darstellung dieser Ehe und ihres desaströsen Verlaufs liegt darüber hinaus, wie man nachgewiesen hat, eine Tiefenschicht zugrunde, ein für das biedermeierlich-›viktorianische‹ Zeitalter explosiver »Kryptotext« (Titzmann), der bruchstückhaft von der Verdrängung und Abspaltung der Sexualität und ihren gewaltsamen psychischen Folgen erzählt. Auf eine kaum verhohlene Weise ist der Burgbezirk, der Sitz des »Geschlechts«, mit seiner blutroten Felsenhöhle, dem Parthenon und dem ragenden Turm des Prokopus immer auch ein Ort der Sexualität, die die biologische Basis der Familiengeschichte darstellt.

Kultur und Natur

Es mag zunächst verwirrend scheinen, daß der Rothenstein zugleich damit noch eine weitere Bedeutungsebene aufweist: Er ist ein Raum der Kultur und der Geschichte. Jene »Civilisation«, die Jodokus flieht, ist hier in geradezu systematischer Weise verkörpert. Von den ägyptischen Sphingen und dem Obelisk über den »griechischen« Parthenon und seinen »jonischen Garten« bis hin zum »gothischen Thurm« des Prokopus und schließlich der Aussichts-»Moschee« repräsentieren die Bauwerke entscheidende Epochen der Kultur-geschichte und bilden eine Art historistisches Kompendium. Nimmt man die Bildersammlung im grünen Saal und das Archiv der Lebensbeschreibungen im roten Gewölbe hinzu, das an Goethes *Lehrjahre* erinnert, so wird verständlich, warum die Schloßanlage selbst als »Tradition« und »Geschichtsdenkmal« bezeichnet wird (S. 64, 60). Sie ist ein überdimensionales Aufzeichnungssystem, ein steingewordenes Gedächtnis. Mit der Erwähnung der Kreuzzüge, des Hussitenkriegs, der den Scharnasts den Grafentitel eingebracht hat, und des »afrikanischen Kriegs«, in dem der letzte Erbe Christoph gefallen ist – gemeint ist der Krieg der algerischen Araber unter Abd-el-Cader gegen die Franzosen 1832–1847 –, kommen jene historischen »Großthaten« in den Blick, die der bekehrte Jodok der *Studien*-Fassung unserer Erzählung nicht mehr von den »Verkehrtheiten des menschlichen Geschlechtes« wird unterscheiden können. Diese kriegerischen Veranstaltungen setzen im historischen Format die permanente Entzweiung innerhalb der Familie fort, die in der Anlage der Burg sinnfällig wird. Bemerkenswert ist, daß auf diese Weise Geschichte und Kultur mit der Narrheit der Scharnasts in Beziehung gebracht werden. Die Kultur-Geschichte herausragender Ereignisse und Leistungen wird damit auf singuläre, voneinander entzweite Egozentriker als ihre Urheber zurückgeführt. Kultur und Geschichte sind in diesem Sinne individualistische Größen, und der Text läßt keinen Zweifel daran, daß sie als solche den Keim ihrer Selbstzerstörung und Selbstabschaffung in sich tragen.

Der Kern des Übels scheint im Abfall der Kultur von der Natur zu liegen. Das jedenfalls ist daraus zu schließen, daß diese zum Gegenprinzip der kulturellen Narrheit wird. Als Retter der Familie qualifiziert sich Heinrich durch seine Tätigkeit als »Naturforscher«, der im »Buche« der Natur liest (S. 39) und nach Antritt seines Erbes die Archivsysteme des Rothensteins um ein Naturmuseum bereichert (S. 117).

Die Erneuerung der Familie erfolgt dabei in Analogie zu Naturvorgängen: »›wenn nämlich der Julius eine Bauerndirne geheirathet hat‹«, räsoniert der Wirt Erasmus, »›so könnte uns leicht von ihm her ein vernünftigerer Herr kommen, weil die Art gewechselt wurde, wie man es mit dem Samenkorn der Felder thun muß, daß es wieder frisch anschlägt‹« (S. 23). Auch Heinrich wird in Anna ein Mädchen aus dem Volk ehelichen, das nicht ohne eine gewisse Penetranz als die unschuldige »Natur« selbst apostrophiert wird (S. 37). Und diese Anna entstammt schließlich der grünen Fichtau, die – schon die Kapitelüberschriften belegen das – ausdrücklich und Punkt für Punkt dem Bezirk der Narrenburg entgegengesetzt wird. Herrscht dort die lineare Zeit der Geschichte, so erscheint die Fichtau als ein idyllischer Naturraum, in dem sich nichts wirklich verändert, weil alles sich wiederholt. Der zyklischen Zeit der Wiederkehr des Gleichen haben sich die Menschen angepaßt, sie leben scheinbar konfliktlos in und mit der Natur. Die Hinwendung zur Natur in Beobachtung und Lektüre ihrer Zeichen, das harmonische Zusammenleben mit ihr, die Unterordnung unter Naturprinzipien – all das scheint die Eingliederung des Ichs in übergreifende Ordnungen, die Preisgabe leidenschaftlichen Eigenwillens zu verbürgen. Erneut zeigt sich hier, wie Stifter die ›realen‹ Räume strikt in erzählerische Funktionszusammenhänge integriert.

Diese Aspekte verleihen der Kulturkritik der Erzählung den Hautgout eines trivialisierten Rousseauismus im Dienst eines konservativen, ja rückschrittlichen Programms. Unzweideutig siedelt sich der Text in jenem fundamentalen Dualismus von Natur und Kultur an, an dem seit dem 18. Jahrhundert keine kulturelle Selbstverständigung mehr vorbeikommt. Manches verdankt sich ihm, was heute an der *Narrenburg* altbacken und peinlich wirken muß, die gemütliche Verklärung des Landlebens beispielsweise und mehr noch das unselig-selige Liebesgeflüster in der Laube, überhaupt die gesamte Ordnung der Geschlechter, die dem Mann in zeittypischer Weise Geist und Tatkraft, der Frau hingegen Natürlichkeit und Unschuld verordnet. Daß Stifter sich wenigstens teilweise von solchen Stereotypen zu befreien gewußt hat, zeigen gleichzeitig schon die Erzählungen *Feldblumen, Brigitta* oder *Zwei Schwestern.* Aber auch die *Narrenburg* unterläuft bei näherem Zusehen in vielerlei Hinsicht das kulturelle Klischee, und nicht zuletzt das gibt ihr eine Brisanz, die sie zu einem der großen Texte ihres Autors und ihrer Epoche macht.

Sowenig wie bei Rousseau gibt es bei Stifter ein »retour à la nature«. Jodok etwa, dessen Geschichte bezeichnenderweise im späten 18. Jahrhundert anzusiedeln ist, flieht aus der verkehrten Welt der »Civilisation«, um die »Natur [...] in der Gestalt, ehe die Menschen mit ihr buhlen und sie schänden« (S. 103), zu erfahren, hält es dann aber nicht lange in seinem indischen Paradies aus. Er hat nichts Eiligeres zu tun, als die reine Natur in Gestalt Chelions in den Kulturraum seiner Burg zu verpflanzen. Daß er sie damit umbringt und so seine ›Narrheit‹ beweist, scheint gegen sein Verfahren zu sprechen. Und doch tut der gesamte Text nichts anderes. Heinrichs Anna, auch sie unschuldige Natur im Urzustand, wird merkwürdigerweise erst »in Heinrichs Schule ein halbes Wunderwerk« (S. 118). Es scheint, als müßte zu der gepriesenen ursprünglichen Natur etwas hinzukommen, um sie erst zu dem zu machen, was sie sein soll. Ähnliches belegt ein weiterer Blick auf die grüne Fichtau. Der erste Eindruck nämlich, sie sei ein reiner Naturraum, trügt. Tatsächlich ist in ihr ein Moment menschlicher Arbeit nicht zu leugnen. Mag der Hirte Gregor noch am ehesten dem idyllischen Szenario entsprechen, so scheint die Fichtau im übrigen vor allem von Holzknechten bevölkert zu sein, deren Tun auffällig betont wird. Dieses aber besteht in der

Rodung der Natur (S. 25), die einerseits zu Kulturland, andererseits zu Rohstoff wird. Es ist in der *Narrenburg* insbesondere die mehrfach erwähnte »Sägemühle«, in der die Naturdinge kulturellen Zwecken entsprechend zugerichtet werden. Man hat hier eines der Themen vor sich, die Stifter zeit seines Lebens aufs intensivste beschäftigen: Vom *Hochwald* bis zum *Witiko* ist auf eine durchaus ambivalente Weise immer wieder vom Verschwinden der Wälder und ihrer Verwandlung in den Raum der Kultur die Rede – ambivalent, denn in lakonischer Trockenheit mischt sich kaum entwirrbar die Klage um einen Verlust mit der Anerkennung seiner Notwendigkeit. Wird am Ende die grüne Fichtau, die den Wald schon in ihrem Namen trägt, erst auf diesem Wege zu der Idylle, als die sie beschrieben wird – durch den Menschen nämlich?

Einmal aufmerksam geworden, findet man diese Vermutung von einer anderen Seite her bestätigt, im Raum der Narrenburg. Hier läßt sich ein umgekehrter Vorgang feststellen. Scheint die gegenbildliche gute Natur der Fichtau das Produkt der Kultur zu sein, so gehen die exemplarische Kultur und Geschichte des Rothensteins offenbar auf ein Naturprinzip zurück. Jodoks resümierender Seufzer am Ende seiner Familienkatastrophe »O wie entsetzlich, wie ein furchtbar Raubthier ist der Mensch!!« (S. 113) belegt dies wie zahlreiche andere Details. Auch die Sexualmetaphorik in der Schilderung des Burgbergs gewinnt hier einen besonderen Sinn: Sie verweist auf die raubtierhafte Triebhaftigkeit als den heimlichen Untergrund der gräflichen Narreteien. Damit wird ein schwerer Verdacht nicht nur gegen die menschliche Kultur, sondern ebenso gegen die Natur selbst laut.

Nichts Geringeres steht hier zur Debatte als die Frage nach der ›Wesenheit‹ der Natur – so einer der Lieblingsbegriffe Stifters – und dem Legitimitätsgrund von Kultur. Dem vermeintlich unkomplizierten Verhältnis von Natur und Kultur wird dabei eine Gegenlinie unterlegt. Ihr vordergründiger Dualismus wird unterlaufen, er erscheint ›durchgestrichen‹ in dem intrikaten Sinne, daß er in Frage gestellt wird, dabei aber bestehen bleibt. Natur wie Kultur spalten sich in diesem textuellen Vorgang und werden zutiefst zweideutig. Alles spricht dafür, daß ›die Natur‹ als maßgebliche Berufungsinstanz gegen die Verirrungen der kulturellen Welt begriffen wird, doch handelt es sich nicht um die ursprüngliche erste Natur, aus deren raubtierhaften Energien diese Verirrungen ja überhaupt erst zu erwachsen scheinen, sondern unterderhand um eine gewissermaßen neu erfundene, kulturell bestimmte zweite Natur, die aber ihrerseits nichts anderes sein soll als eben – ›Natur‹. Die als Norm behauptete trennt sich von der anfänglichen und vorgegebenen Natur, zu der es keine Rückkehr gibt noch geben darf. Diese uneingestandene Zerlegung ›der Natur‹ entspricht ganz und gar bürgerlichen Denkmustern und Diskursformationen, die sich seit dem 18. Jahrhundert etabliert haben und am deutlichsten vielleicht in den Prinzipien der vorgeblich ›natürlichen‹ Gartenanlagen nach dem Modell des englischen Landschaftsparks zum Ausdruck kommen. Letztere spielen in Stifters Werk bekanntlich bis hin zur vierten Fassung der *Mappe* ein zentrale Rolle.

In der Konsequenz zerlegt sich zwangsläufig auch das Bild der Kultur. Die falsche Kultur und der verhängnisvolle Verlauf der Geschichte werden mit der Raubtiernatur des Menschen, also seinem Urzustand, korreliert, wogegen die friedliche, harmonische und glückliche Beschaffenheit der grünen Fichtau mit ihrer kulturellen Bearbeitung in einem anderen und positiveren Sinn zusammenzuhängen scheint. Immer wieder wird Stifter in seinen Texten den verzweifelten Versuch unternehmen, sich aus den Widersprüchen dieser Konstellation zu befreien. Sein hauptsächliches darstellerisches Mittel zu diesem Zweck ist, daß er jene andere Kultur seiner zahllosen Gärtner und Landwirte, die die Natur besänftigen und veredeln, dadurch zu rechtfertigen sucht, daß er sie wie aus schlechtem Gewissen gegenüber der Natur unmerklich macht und verbirgt und sie dort, wo sich das nicht bewerkstelligen läßt, selbst vorgeblich den Prinzipien einer ›guten Natur‹ folgen läßt. Kultur, wo sie in Stifters Welt legitim sein soll, muß der Natur gleichsam zu sich selbst verhelfen und ihre Züge annehmen. Freilich wird derart nur ein unaufhörlicher wechselseitiger Regreß von Natur und Kultur in Gang gesetzt und eine endlose logische Schleife eröffnet.

Man darf wohl sagen, daß sich Stifter an diesem Grundproblem der Literatur und Theorie seit dem 18. Jahrhundert wahrhaft abarbeitet. Zu den besonderen literarischen Qualitäten seiner Werke gehört, daß sie diese Arbeit gleichsam nachschreiben, ihre Spuren bewahren und ihre Strukturen erkennbar machen. Sie geraten dadurch in ein Irisieren, das ihnen jede Eindeutigkeit nimmt und eine unterschwellige Spannung verleiht. Auf eine Weise, die sicherlich wenig mit Stifters bewußten Intentionen zu tun hat, entkommt er so den ideologischen Platitüden und den unvermeidlichen literarischen Abstürzen der Natur-, Dorf- und Heimatapologeten seiner Zeit. Noch wo es idyllisch wird bei Stifter, und das wird es oft, die grüne Fichtau ist dafür nur *ein* Beispiel, ist solche Idyllik immer gebrochen und bedroht, sie erweist sich als etwas, das auf der Ebene des Inhalts wie des Textes selbst allererst hergestellt wird, als etwas Künstliches, ja Zweideutiges und Fragwürdiges.

Blut und Tinte

Die Beobachtung, daß den ›geschlechtstypischen‹ Verirrungen der Scharnasts zuletzt Raubtierhaftes, Leidenschaft und ›Geschlechtlichkeit‹, ein Naturmoment mithin, zugrunde liegt, könnte dem Mißverständnis Vorschub leisten, Narrheit werde allein über das »tolle Blut« der Familie fortgepflanzt (S. 10). Doch mit einer biologischen Genetik hat diese Genealogie wenig zu tun. Tatsächlich gründet das Unglück der Familie in *der* Kulturtechnik par excellence, der Schrift. Das »lächerliche Fideicommiß« des »Stifters« Hans von Scharnast verurteilt seine Nachkommen, ihre Autobiographien fortlaufend zu schreiben und die ihrer Ahnen zu lesen, und der Erzähler verhehlt nicht, was von diesem Vermächtnis zu halten sei. »Statt durch die Biographieen abgeschreckt zu werden«, wie das der alte Hans beabsichtigt hatte, nehmen sich die Scharnasts vielmehr »ordentlich daran ein Exempel [...] ja selbst die, welche bisher ein stilles und manierliches Leben geführt hatten, schlugen in dem Augenblicke um, als sie in den Besitz der verwetterten Burg kamen, und die Sache wurde immer ärger, je mehr Besitzer bereits gewesen waren, und mit je mehr Wust sich der neue den Kopf anfüllen mußte« (S. 10 f.). Ganz ausdrücklich ist es die Schrift, durch die sich das der Natur zugehörige Blut überhaupt erst überträgt. Sie ist – und Stifter nimmt hier den alten Topos von der autobiographischen ›Herzensschrift‹ auf – das Medium des Blutes, das in ihr aufgehoben bleibt, zugleich aber verwandelt wird – in Tinte. Über Generationen nämlich muß jeder Erbe »mit dem geheimsten Herzblute [...] wider Willen das Blatt färben, daß der Nachkomme wisse, wer er war« (S. 101), und »jeder Tropfen« dieses ganz besonderen Saftes »ist aufgeschrieben« (S. 72). Betont wird dieser Übertragungsmodus noch durch den strukturellen Kunstgriff, dem roten Marmorgewölbe den grünen Saal entgegenzusetzen. In diesem sind *alle* Scharnasts in ihren Porträts anwesend, also auch die Frauen, so daß hier das Prinzip zweigeschlechtlicher Fortpflanzung sinnfällig wird. Die Farbe Grün deutet auf die zumindest relative Naturnähe der verwendeten (ikonischen) Zeichen der Malerei wie auf das Natürliche der biologischen Art der Vermehrung hin. Eingeschlechtlich ist demgegenüber die Fortpflanzung über die künstlichen Zeichen der Schrift: Die Familienübel vererben sich lediglich von Mann zu Mann auf dem Wege der Lektüre, die die Familie in ihrer besonderen Beschaffenheit erst erzeugt.

Es ist nun keineswegs so, daß diese negative Einschätzung der Schrift bei Stifter allgemeine Geltung hätte. Sie steht vielmehr in Opposition zu der anderer Zeichensysteme, außerhalb des Rothensteins vor allem der Schrift der Natur. Als Naturforscher liest Heinrich »im Buche Gottes, und die Steine und die Blumen, und die Lüfte und die Sterne sind seine Buchstaben« (S. 39). Hier wie auch sonst häufig greift Stifter auf die lange Tradition der Vorstellung vom Buch der Natur zurück und unterstellt damit eine Lesbarkeit der Welt mittels natürlicher Zeichen, die dann auch die Naturforschung ermöglicht. Daß sich der Gegensatz der Naturschrift und der autobiographischen Pergamentrollen nicht, wie man vermuten könnte, aus der vordergründigen Opposition von Natur und Kultur in der *Narrenburg* hinlänglich erklären läßt, belegt ein Blick auf die *Mappe meines Urgroßvaters.* Gerade in bezug auf die Problematik der Schrift erweist dieser Text seine enge Zusammengehörigkeit mit der *Narrenburg* wie sein Kontrastverhältnis zu ihr. Auch hier ist es anfangs ein Scharnast, der ein autobiographisches Verfahren praktiziert und weitergibt, das nun aber völlig gegenteilige Wirkungen hat. Das Mappenprinzip, das der Urgroßvater des Rahmenerzählers vom »sanftmüthigen Obristen«, dem Julius Scharnast der ersten Fassung, übernimmt, ist ein Verfahren der lebensgeschichtlichen Selbsterziehung, in dem subjektiver Eigensinn abgebaut wird und eine Wendung zur Wirklichkeit erfolgt. Es besteht darin, daß man das eigene Leben fortlaufend aufschreibt, die Schriften in regelmäßigen Abständen versiegelt und erst nach einigen Jahren wieder öffnet und liest. Der Gewinn liegt dabei in der Erkenntnis, daß das tatsächlich Geschehene »anders« und vor allem »wahrer« ist als die eigenen Wünsche und Vorstellungen, die der Faktizität des »Gewordenen« (S. 49) gegenüber zu bloßer Täuschung werden. Die wiederholte Einsicht in die Nichtigkeit des subjektiven Begehrens erlaubt schließlich die lebenspraktische Konsequenz einer asymptotischen Annäherung an die Wahrheit des Wirklichen. Erst auf diesem Wege ist dem noch ganz scharnastisch wilden jungen Mann die Sanftmut seiner Reifejahre zugewachsen.

Es ist eigenartig, daß die beiden gar nicht so grundsätzlich voneinander verschiedenen Aufschreibeverfahren derart fundamental gegensätzliche Wirkungen haben. Betrachtet man die Metaphorik der *Narrenburg*, so darf man wohl mit Recht vermuten, daß die Verschriftlichung des Lebens für die Verfasser selbst durchaus einen therapeutischen Effekt bewirkt, der der besänftigenden Wirkung des Mappenprinzips entspricht. Denn im Schreiben verströmt im Wortsinn das »tolle Blut«, das Agens der Leidenschaft und der Narrheit. Es färbt die Blätter, und es ergießt sich in den Stein, in dem diese aufbewahrt werden. Die *Studien*-Fassung unserer Erzählung, die in manchen Punkten die Motivationen und Begründungen plastischer, vielleicht aber auch pedantischer herausarbeiten wird, bezeichnet den archivalischen Felsensaal denn auch folgerichtig als »blutigroth«. Heißes Blut wird im Schreiben zu kaltem Stein, und der Autobiograph entäußert sich jener fatalen Kräfte, die ihn umgetrieben hatten. Auch Chelion wird genau dieses Vorstellungsmuster bemühen, wenn sie nach ihrem Ehebruch Jodok auffordert, sie durch den Tod vom Antrieb ihres Vergehens, der Sexualität, zu befreien: »›Jodok, du wirst mich tödten [...] ich werde aus diesem Bette nicht weichen, sondern auf den weißen Kissen liegen bleiben, bis das rothe Blut darüber weg fließt, und sie purpurroth färbt – dann werden s i e roth sein, und *ich* weiß – aber ich werde dann ruhig sein, nicht gequält, und nicht mehr fehlend, sondern ich werde sein, wie einer der weißen, marmornen Engel in deiner Kirche– –.« (S. 112 f.) So hat das Schreiben auch mit dem Tod zu tun. Es verwandelt das Blut in die Materie, die es darstellt, in Tinte, und blutet derart den Körper aus, nimmt ihm seine Wärme, sein Leben, seine Körperlichkeit. Das ist, nüchtern besehen, nichts anderes als ein Resultat der Zeichenstruktur, die den Körper notwendig in eine Abwesenheit versetzt und zum Verschwinden bringt. Denn im Zeichen ist der Körper nicht *selbst* gegeben, sondern nur im Modus seiner Vertretung durch ein anderes, er hört auf, Körper zu sein und wird Vorstellung. Insofern hat der Vorgang der Semiose einen Effekt der Entkörperlichung und der ›Vergeistigung‹. Unsere Erzählung drückt ihn in Jodoks Worten aus, »in diesen Rollen« stünden seiner Ahnen »*Seelen* aufgeschrieben« (S. 101).

Doch solche Selbsttherapie durch Entkörperlichung auf dem Wege des Schreibens ist nicht das eigentliche Ziel des alten Hans gewesen, und sie ist auch keineswegs der Punkt, auf den sich die Kritik richtet. Diese bezieht sich vielmehr auf die Folgen des Lesens. Betont wird gerade, daß sich die Scharnasts ein »Exempel« am Gelesenen nehmen. Um in der Bildlichkeit der Erzählung zu bleiben: Das zu Stein und zu Schrift geronnene und erkaltete »tolle Blut« erwärmt sich wieder im Blick des Lesenden, ja es erhitzt sich auf Temperaturen, die die »feuerfeste« Unterbringung der Pergamente in einer Art Hochsicherheitstrakt notwendig machen (S. 9). Auf das Todesstadium der von närrischer Leidenschaft getriebenen Körper im Medium der Zeichen folgt ihre Wiederauferstehung im Akt der Lektüre, im Bewußtsein des Lesers. Die Schrift des Blutes wird ›infektiös‹ und steckt ihren Leser an: Als Archiv des Vergangenen vereitelt sie beharrlich das Vergessen von dem, was ohne sie längst tot wäre, jetzt aber in wiedergängerischer Weise »nicht sterben« (S. 101) und daher immer aufs neue zum Exempel dienen kann – und sei es auch nur in negativer Weise wie im Falle Jodoks. Dieser erkennt zwar die jeweils einzelnen Taten seiner Ahnen als närrisch, dringt aber nicht zur Einsicht in die ›Wesenheit‹ der Narrheit vor und bleibt ihr darum verfallen – gerade »›weil ich meiden wollte, was diese andern fehlten‹« (S. 102). So handelt die *Narrenburg* von der Qual des Nichtvergessenkönnens und -dürfens aufgrund der Schrift, die jeden Nachkommen in die verhängnisvolle Identität seines Geschlechtes zwingt.

Abschreckung, wie der alte Hans beabsichtigte, oder ›Ansteckung‹, die sich dann tatsächlich vollzieht – Stifter gliedert sich mit dieser Alternative in einen medienkritischen Diskurs ein, der sich in ungebrochener Kontinuität von der Kampagne gegen die ›Lesesucht‹ im 18. Jahrhundert bis zur gegenwärtigen Debatte um die Wirkung von Gewalt in Schrift und Bild erstreckt. Nichts Geringeres muß dabei für Stifter auf dem Spiel stehen als die Wirkungen seiner eigenen Werke. Das macht die *Narrenburg* zugleich zu einem poetologischen Text. Ein didaktisches Erzählen jedenfalls, das von dem Falschen, vor dem es warnt, auch reden muß, scheint sich vom Exempel der Scharnasts her zu verbieten. Und doch bleibt Stifter hier zeitlebens unentschieden. So sehr er ein Parteigänger der Kunstautonomie ist und auf dem Selbstzweck des Schönen besteht, so sehr entwerfen seine Texte positive oder negative ›Weltbilder‹ und wollen auf durchaus didaktische Weise ›Weltanschauungen‹ propagieren. Auch in der *Mappe meines Urgroßvaters* geschieht ohne jede nachteilige Folge, was in der *Narrenburg* katastrophal endet: Der »Doctor« liest die autobiographischen Mappen seines späteren Schwiegervaters und der Urenkel die seinen.

Bei allen unleugbaren Unterschieden zwischen dem Mappenprinzip des Obristen und der Autobiographik der Scharnasts will daher nicht so recht einleuchten, warum die beiden Verfahren so radikal verschiedene Resultate haben. Vielleicht darf man vermuten, daß Stifter tatsächlich gar nicht von zwei *gegensätzlichen* Sachverhalten spricht, sondern von *einem einzigen*, dessen Ambivalenz in einer Art Experimentalkonstellation in ihre zwei Seiten auseinandergelegt wird. Die ›gute Schrift‹ des Obristen und die ›böse Schrift‹ des Hans von Scharnast sind im Grunde dasselbe. Reflektiert werden in den beiden Erzählungen die Möglichkeiten und die Gefahren eines Mediums, reflektiert wird eine tiefreichende Ambivalenz des Schreibens und Lesens, die die Schriftstellerei zu dem höchst prekären Gewerbe macht, das sie in Stifters Augen erklärtermaßen ist: segenbringend und verderblich. Bis in seine späten Jahre wird sich Stifter mit diesem Problem abmühen. Der tiefen Doppeldeutigkeit der Konstellation, von der Stifter in der *Narrenburg* erzählt, entspricht die nicht minder gravierende Zweideutigkeit des Mediums, in dem dies geschieht. Auf eine verdeckte und unaufdringliche Weise sprechen Stifters Texte immer auch über sich selbst. Nicht zuletzt dieser Zug zur Selbstreflexivität und Selbstbezüglichkeit wird die späteren Texte des vermeintlichen Idyllikers an die Schwelle der literarischen Moderne rücken.

Adalbert Stifter, um 1860
Bleistiftzeichnung von Alois Greil

LITERATURHINWEISE

Christian Begemann, Die Welt der Zeichen. Stifter-Lektüren, Stuttgart / Weimar 1995.

Erich Burgstaller, Zur künstlerischen Gestalt von Stifters *Narrenburg*, in: Seminar. A Journal of Germanic Studies 11 (1975), S. 89–108.

Alfred Doppler, Stifter im Kontext der Biedermeier-Novelle, in: Hartmut Laufhütte, Karl Möseneder (Hgg.), Adalbert Stifter. Dichter und Maler, Denkmalpfleger und Schulmann, Tübingen 1996, S. 207–219.

Peter Märki, Adalbert Stifter. Narrheit und Erzählstruktur, Bern / Frankfurt / Las Vegas 1979.

Hedwig Straumann-Windler, Stifters Narren. Zum Problem der Spätromantik, Diss. Zürich 1952.

Michael Titzmann, Text und Kryptotext. Zur Interpretation von Stifters Erzählung *Die Narrenburg*, in: Hartmut Laufhütte, Karl Möseneder (Hgg.), Adalbert Stifter. Dichter und Maler, Denkmalpfleger und Schulmann, Tübingen 1996, S. 335–373.

Erika Tunner, Farb-, Klang- und Raumsymbolik in Stifters *Narrenburg*, in: Recherches germaniques 7 (1977), S. 113–127.

EDITORISCHER VERMERK

Die vorliegende Ausgabe bringt den Text des Erstdrucks der *Narrenburg* (sog. Journal-Fassung), die im Oktober 1842 erschienen ist in: Iris. Taschenbuch für das Jahr 1843. Vierter Jahrgang, hg. von Johann Graf Mailáth, Pesth (Verlag von Gustav Heckenast) 1842, S. 231–360. Wir folgen dabei dem Abdruck in: Adalbert Stifter. Werke und Briefe. Historisch-kritische Gesamtausgabe, hg. von Alfred Doppler und Wolfgang Frühwald, Bd. 1.1, hg. von Helmut Bergner und Ulrich Dittmann, Stuttgart / Berlin / Köln / Mainz 1978, S. 301–403. Orthographie und Interpunktion des Erstdrucks sind beibehalten. Die Emendationen der Historisch-kritischen Gesamtausgabe gegenüber dem Erstdruck, die in der Regel Versehen des Setzers, in Einzelfällen aber auch des Autors selbst betreffen und sich dabei weithin an der *Studien*-Fassung orientieren, wurden noch einmal überprüft. Folgende Druckfehler der Historisch-kritischen Gesamtausgabe wurden anhand des Erstdrucks korrigiert: S. 18, Z. 1 wahr *statt* war; S. 38, Z. 24 theile *statt* teile; S. 68, Z. 10 fürchterliches *statt* fürcherliches; S. 111, Z. 28 Jodok *statt* Jokok. Der Herausgeber dankt Walter Hettche von der Kommission für Neuere deutsche Literatur der Bayerischen Akademie der Wissenschaften in München (Stifter-Arbeitsstelle) für wertvolle Hinweise.